한승헌 변호사의
유머

한승헌 변호사의
유머

山民客談

이지출판

지난 2022년 4월, 산민 한승헌 변호사님께서 우리 곁을 떠나셨습니다. 이른바 '1세대 인권 변호사'라 불린 아버님의 부음을 듣고 많은 분들이 안타까워하셨습니다. 그래서 떠나신 지 얼마 되지 않았는데 '유머' 관련 책이 나오는 것을 의아하게 생각하실지도 모르겠습니다.

아버님은 올 초부터 병석에 누우시기 직전까지 이 책의 출판을 준비하셨고, 편집까지 마치고 출간만을 남겨 놓은 상태였습니다. 그러던 중 황망하게도 그냥 돌아가셨습니다. 하지만 몇 주 후, 아버님의 지인들과 유족은 고민 끝에 출판을 하기로 결정하였습니다. 그 이유는 이렇습니다.

첫째, 아버님의 정성스런 손길이 닿은 마지막 작업을 중단할 수 없어서입니다. 거동도 불편하신 분이 심혈을 기울여 편집까지 끝내고 '책을 펴내며'라는 간행사까지 쓰신 이 책을 그대로 묻어 두기가 너무도 아쉬웠습니다. 이미 수십 권의 책을 쓰신 분이지만, 저희들은 이 책으로 마침표를 찍고 싶었습니다.

둘째, 이 책을 통해 아버님의 삶을 다시금 알릴 수 있을 것 같아서입니다. 아버님을 따라다니던 여러 수식어 중에 '유머'도 빠지지 않았습니다. 치열하고 삭막했던 인권 투쟁을 하시면서도 유머를 잃지 않으셨기 때문입니다. 낙담할 수밖에 없는, 절망할 수밖에 없는 상황에서도 용기를 끌어내고 희망을 건져내려 하셨습니다. 그런 아버님의 모습을 다시 기억하고 싶었습니다.

셋째, 유머는 아버님이 늘 관심과 애정을 쏟은 주제이기 때문입니다. 이미 《유머산책》, 《유머기행》, 《유머 수첩》 등 유머 책을 출간하셨는데도 다시 이를 정리·분류해서 세상에 내놓으려 하셨습니다. 생전에 책의 서두에서도 밝히셨듯이 "세 권을 한 권으로 묶어 내면 좋겠다"는 주변의 권유도 있었던 데다 "오랜 세월 차려문화, 엄숙주의, 직설, 막말, 대결 논쟁이 짙게 깔려 있"는 우리 사회에 "일상의 삶 속에서 얻어지는 해학은 우리 심성과 정서를 윤택하게 해 주는 영양제, 보습제가 될 것이라 확신하기 때문"이셨습니다.

아버님의 유머는 한낱 우스갯소리에 그치지 않았습니다. 많은 유머들이 아버님의 삶 속에서 배어 나온 '실제상황'들입니다. 그 때문에 폭소보다는 미소를 자아내는, 그리고 여운을 남기는 것들이 많습니다. 쓸쓸하고 우울한 시대상이 담긴 것도 여럿입니다. 부디 이 책이 아버님의 바람대로 "독자 여러분의 삶 속에" "웃음과 위로, 마음의 여유, 달관, 통찰과 함께 고난 극복에 작으나마 힘이 되기를" 간절히 소망합니다.

이 책이 나오는 데는 이지출판 서용순 대표님의 노고가 컸습니다. 아버님이 변호사 자격을 박탈당하고 호구지책으로 작은 출판사를 운영하실 때부터 인연을 맺어 온 서 대표님께 유족들은 이번에도 큰 신세를 졌습니다. 그리고 아버님을 늘 가족처럼 섬기며 마지막 떠나보내는 순간까지 함께해 주신 산민회 여러분의 은혜도 잊을 수 없습니다. 특히 세 권의 유머 책을 출간해 주시고 이번 이지출판에서의 간행도 흔쾌히 허락해 주신 범우사 윤형두 회장님, 이 모든 분들께 그저 머리 숙여 감사드릴 뿐입니다.

故 한승헌 변호사 유족 일동

유머, 정신의 순례에 꼭 필요한 동반자

1970년대부터 시작된 나의 '유머'에 관한 글쓰기는 그 시절 《다리》지(언론과 출판의 자유가 통제되던 시절 독재정권에 의해 폐간)에 '산민객담'이란 이름을 걸고 연재하면서부터다. 그후 여러 신문 잡지에 쓴 글과 강연 등에서 한 이야기를 보태어 《유머산책─산민객담》(2004), 《유머기행─속 산민객담》(2007), 《유머수첩─산민객담 3》(2012)이란 책을 펴냈다. 그때마다 베스트셀러 명단에 오르기도 하고, '유머리스트'라는 별명이 붙는 등 많은 분들의 사랑을 받았다. 또한 일본에서까지 번역 출판되어 꽤 호평을 들은 적이 있다.

그런데 근래 많은 분들이 "세 권을 한 권으로 묶어 내면 좋겠다"는 요청을 해 와, 고민 끝에 세 권 중에서 세월이 흘러도 현장감이 살아 있는 글과 나 자신의 체험에서 나온 이야기들, 그리고 메마른 세상 고달픈 삶에 잠깐이나마 웃음을 전할 수 있는 국내외 유머들을 한 권으로 엮어 세상에 내놓게 되었다.

유머러스한 글쓰기는 나의 직업(변호사)과 지난날 험난함으로 점철된 삶의 행적으로 보아 이질적인 면이 다분히 있다. 그래서 독자로부터 "딱딱한 분으로만 알았는데 재미있는 분이네요"라는 덕담을 듣기도 했다.

내가 강연, 방송, 특강, 인터뷰, 글쓰기에서 강조해 온 것은 무공해 처방으로서 유머를 통한 격조 높은 웃음과 만나는 통로를 알려주고자 한 것이었다. 말하자면 '차려문화'에서는 "편히 쉬어"를, 야구에서는 단조로운 '직구'의 따분함을 "여러 변화구의 즐거움"으로 바꾸어 보고자 시도했던 것이다.

우리 사회는 오랜 세월 차려문화, 엄숙주의, 직설, 막말, 대결 논쟁이 짙게 깔려 있고, 우리는 긴 세월 동안 고난의 역사에 부대끼며 웃음을 잃고 고단하게 살 수밖에 없었다. 앞만 보고 숨 가쁘게 달려야 하는 상황에서 백미러나 프리즘을 통해 인생을 관조하는 정신의 순례야말로 매우 소중하다고 믿는데, 그 순례의 길목에 배필 같은 동반자가 바로 유머라고 생각한다. 일상의 삶 속에서 얻어지는 해학은 우리의 심성과 정서를 윤택하게 해주는 영양제, 보습제가 될 것으로 확신하기 때문이다.

나는 지난날 잘못된 권력에 저항하여 쓴 소리, 바른 소리를 했다는 이유로 기나긴 세월 핍박과 고난을 받으며 극복해 오는 과정에서 유머가 큰 힘이 되었음을 고백한다. 따라서 나의 유머는 각 시대별 상황에서 직접 부딪치며 얻은 체험에서 비롯된 것이 많다. 내가 칠흑 같은 어둠 속에서도 그나마 여유와 낙관을 유지하며 이웃과 웃음을 나눌 수 있었음은 하나의 축복이었다고 생각한다.

유머의 장점은 한두 가지가 아니다. 우선 원가가 별로 들지 않고 게다가 면세라는 점이다. 유머가 신분이나 소득과는 상관없는 보편적인 지적재산권이니 널리 일상화되고 체질화되었으면 좋겠다는 게 나의 바람이며 이 책을 다시 펴내는 동기가 바로 그 점이다.

계절의 봄은 어김없이 우리 곁에 다가왔으나 여러 모로 아직은 봄이 아니다. 우리를 공포로 몰아가는 코로나 사태, 어려운 경제상황, 안보문제, 대내외적으로 겪고 있는 여러 과제들이 우리 삶을 짓누르고 있다. 이런 상황에서도 독자 여러분의 삶 속에 나의 유머가 웃음과 위로, 마음의 여유, 달관, 통찰과 함께 고난 극복에 작으나마 힘이 되기를 간절히 소망한다.

2022년 봄
산민 한승헌

제1부   유머와의 상견례

제2부 그와 나의 애창곡

제3부 도무지 뭐가 뭔지

제4부 사람 안에서 나오는 것

제5부 명판결 속의 거짓말

유머와의 상견례

유머와 말의 지혜

유머의 첫째 요건은 우선 재미있는 표현이다. 유머humour란 어원상으로 보면 인체 안의 체액을 뜻하는 말이었는데, 차츰 전화되어 서로 다른 체액 사이의 불균형에서 생기는 특이한 기질이나 그런 기질을 가진 사람을 가리키는 말로 바뀌었다고 한다.

그런가 하면 17세기 영국에서는 그런 기질을 가진 이들이 사람을 웃기는 기질연극comedy of humours이란 것이 있어서, 유머는 '웃음을 만들어 내는'이란 뜻으로 전화되었다고 한다.

유머와 비슷하면서 조금씩 성격을 달리하는 것으로 위트, 조크, 풍자, 해학 등이 있는데, 어떤 학문적 엄밀성을 들이대어 그 개념들을 논하는 것은 매우 어려운 일일 뿐 아니라 유머의 본질에 어긋나는 재미없는 일이기도 하다.

《영국 유머의 발달》이란 책을 쓴 프랑스의 한 영문학자가 〈왜 유머는 정의할 수 없는가〉라는 논문을 발표한 적이 있을 정도다. 그러므로 이와 같은 모든 유사 개념들을 편의상 하나로 포괄하여 '유머' 또는 '해학'이란 말을 쓰고자 한다.

유머에는 모순이나 부조리를 논리 아닌 직관과 역설로 처리하는 '말의 지혜'가 따른다. 말의 실용성을 뛰어넘어 그 묘미를 살리고 이를 즐기는 일이다. 언어의 교양 없이는 유머가 나올 수 없다. 너무 정직하기만 해도 융통성이 모자라서 곤란하다.

유머는 말하는 쪽은 물론이고 듣는 사람도 말에 대한 세련된 감각이 있어야 통한다. 그래야지 소통이 되고 반응이 나오고 공감을 나눌 수 있다. 좀 속된 말로, 도깨비가 무식하면 부적도 소용없다고 하였다.

유머의 첫 장, 자기 낮추기

해학은 먼저 자기 자신을 낮추고 겸손하게 보이는 데서부터 출발해야 한다. 다른 사람을 비꼬거나 자기를 과시하기 위해 해학을 쓰는 건 좋지 않다. 영어에 'self-deprecating humour'라는 말이 있다. 자기 자신을 낮추거나 희화화戱畵化함으로써 듣는 상대방에게 즐거움을 주고 겸손을 보이는 유머를 일컫는 말이다.

어떤 신부님이 임종이 가까워지자 아무도 안 만나겠다고 했는데, 한 변호사가 꼭 뵙고 싶다고 하니까 그 사람은 들여보내라고 했단다. 그 변호사가 감격해서 "신부님, 저에게만 이렇게 특별히 문병을 허락해 주셔서 감사합니다" 했더니, 신부님은 다음과 같이 말했다고 한다.

"뭐, 고마워할 거 없습니다. 다른 사람들이야 나중에 천국에서 다시 만나겠지만, 당신 같은 변호사는 지금 여기서 못 보면 다시는 만나지 못할 게 아닙니까?"

변호사들은 남의 일을 공짜로 잘 안해 준다. 무슨 사건이든 돈 (착수금)을 줘야 한다. 그래서 사람들이 '변호사를 샀다'는 표현을 쓰는데, 그렇다면 나는 몸을 팔아도 수백 번 판 사람이 된다.

어떤 사람이 한 변호사에게 "제가 돈 얼마를 드릴 테니 두 가지 질문에 대답해 주시겠습니까?"라고 물었다. 그 변호사는 좋다고 대답했다. 그러자 이 사람이 "그럼 첫 번째 질문을 드리겠습니다" 하니까, 변호사는 "아니죠, 이게 두 번째 질문이죠"라고 했단다. (두 가지 질문에 대답해 주겠느냐고 물은 것이 첫 번째 질문이라는 것.)

이런 얘기도 있다. 천국이 지옥을 상대로 소송을 했는데 뜻밖에도 천국이 패소했단다. 알아보니까 천국에는 유능한 변호사가 한 명도 없었기 때문이다.

여기서 나 자신을 한 번 더 희화화해 보겠다.

언젠가 법률사무소 직원들이 점심 식사를 하러 나간 사이 낯모르는 방문객이 찾아왔다. 내가 집무실 밖으로 나가 "어떻게 오셨습니까?" 하고 물었더니 "한 변호사님을 만나러 왔습니다" 하는 것이었다. "아, 그러세요? 그럼 이 안으로 들어오시지요" 하고 내 방으로 안내하자, 그는 손을 내저으며 "아니, 괜찮습니다. 난 한 변호사님 들어오시면 직접 만나서 말씀을 드릴까 합니다." 아무리 봐도 외모 풍채로 보아 변호사로 보이지 않았던가 보다.

언젠가 엘리베이터를 타려고 서 있는데 바로 내 앞사람이 타자 버저가 울렸다. 그 사람이 내리자 안내양이 나를 힐끗 쳐다보더니 타라고 했다. 무슨 예우라도 받은 것 같은 기분으로 엘리베이터 안으로 들어갔더니, 이번에는 버저가 울리지 않은 채 조용히 문이 닫히고 수직 상승했다. 그때서야 문득 내가 '경량급'이라는 생각이 들어 기분이 '별로'였다.

훗날 역시 엘리베이터 앞에서였다. 내가 마지막으로 탔는데 과하중 버저가 울렸다. 나는 금방 도로 내리면서 기분이 썩 좋아져서 마음속으로 중얼거렸다.

"나도 무게가 있는 남자로구나….

곤경 탈출 그리고 너그러움

살다 보면 사양을 하거나 거절을 해야 할 때가 있다. 물론 직설적으로 의사를 밝힐 수도 있겠지만 이런 경우에도 유머는 도움이 된다.

우리나라에 지방자치제가 처음 실시될 때 정계 지도자 한 분이 내게 도지사 출마를 권유했다. 거듭 사양하자 특사격인 분이 찾아와 귀에 대고 "아무리 못하겠다고 해도 소용이 없어요" 했다. 그래서 할 수 없이 특기를 발휘해 "나는 전북지사보다는 애국지사가 되겠다"고.

이 말이 재미있었는지 그분이 기자들에게 이 말을 전해 어느 신문 가십난에 났다. 그런데 그 말이 활자화되니까 말할 때의 분위기와 나의 본의와는 다르게 내가 좀 오만한 사람처럼 되었다. 어떡하나 고민하고 있는데, 마침 두 번째 특사가 찾아왔다. 그래서 그분에게 "나는 전북지사보다는 서울본사가 더 좋다"고 한 번 더 유머를 던졌다. 그런데 이건 신문에 나지 않았다. 나중의 유머로 앞의 오해까지 풀려고 했는데 실패한 것이다.

한 상점 주인의 지혜도 유머로 곤경을 탈출한 좋은 예다.

어느 날 오른쪽 가게에서 '최고품질 보장'이라고 쓴 커다란 현수막을 내걸었다. 그러자 왼쪽 가게에서 '최저가격 보장'이라고 쓴 현수막으로 맞대응을 하고 나섰다. 그러니 그 사이에 낀 상점 주인은 '최고품질'과 '최저가격' 사이에서 당황하다가 마침내 '출입구'라고 쓴 간판을 달았다. 그랬더니 좌우 상점에 들어갈 사람들이 출입구가 거긴 줄 알고 가운데 가게로 계속 몰려들었다고 한다.

비슷한 이야기를 하나 더 하겠다.

한 골목에 간판도 없는 식당이 호황을 누리자, 바로 옆에 음식점이 새로 생겨 '한국에서 제일 맛있는 집'이라는 간판까지 달았다. 그에 질세라 그 옆에 또 한 식당이 개업을 하고 '세계에서 제일 맛있는 집'이라는 간판을 내걸었다. 그러자 옥호도 간판도 없던 첫 번째 식당 주인은 고민을 하다가 무릎을 탁 치고 이런 간판을 걸었다. '이 골목에서 제일 맛있는 집.'

남의 실수나 결함을 너그럽게 감싸주는 데도 유머는 효과적인 수단이다. 학교 성적을 '수·우·미·양·가'로 표시하던 시절의 이야기다. 어느 아버지가 아들의 성적표를 받아보니 처음부터 끝까지 '가피'밖에 없었다. 너무 어이가 없던 아버지는 친구들을 저녁 식사에 초대한 다음 아들을 불러 옆에 앉히고 문제의 성적표를 꺼내 보이며 이렇게 말했다.

"모두들 이것 좀 보게나. 우리 아들 성적표에 '불가'는 하나도 없고 전부 '가' 일색이네."

그 아이는 그 후 어떻게 되었을까? 확인해 보지는 않았지만, 아마 대오각성하고 분발하여 좋은 성적을 올렸을 것이다.

내가 평양에 갔을 때 일이다. '소년학생궁전'의 어느 방에 들어갔는데 뜻밖에도 정전이 되었다. 한참 후 캄캄한 실내에 직원이 양초 서너 자루에 불을 켜가지고 들어오며 아주 미안해하기에, "우리 일행이 얼마나 반가우면 이렇게 화촉까지 밝혀 주십니까! 감사합니다." 그래서 다함께 웃고 넘어간 일이 있다.

비판과 저항도 센스 있게

유머를 통해 비판적이고 저항적인 생각을 센스 있게 표시할
수도 있다.

예전에 '석두'라는 별명으로 불리던 대통령이 있었다. 그 시절
에 어떤 사람이 "대통령은 석두다"라고 말했다가 잡혀 갔다. 그
때 그 사람의 죄명이 무엇이었을까? 명예훼손죄가 아니라 '국가
기밀누설죄'였다고 한다.

그런데 그 사람과 같이 잡혀간 사람이 한 명 더 있었다. 이 사
람은 위기를 모면하고자 "우리 대통령은 위대한 지도자라고 생
각합니다"라고 대답했더니, "그래? 그럼 너는 '허위사실유포죄'
다" 했다고 한다.

독재자로 유명했던 필리핀의 마르코스 대통령은 재임 중에 자
기 얼굴이 그려진 우표를 발행했는데, 그 우표가 잘 안 붙는다고
불평하는 국민들의 소리가 그의 귀에 들어갔다. 그래서 마르코
스가 장관들을 불러다 놓고 그 우표에 침을 발라 종이에 붙여 보
니 잘 붙었다. 마르코스가 "이렇게 잘 붙는 우표를 두고 왜 그런

소문이 나는가?" 하고 물었더니, 한 장관이 이렇게 대답했다.

"각하, 국민들은 대통령 얼굴이 그려진 쪽에 침을 탁 뱉고 붙이려고 하니 잘 안 붙는 겁니다."

이건 아마도 지어낸 이야기 같다.

나는 세 종류의 교도소에서 감옥살이를 했다. 서대문에 있는 서울구치소, 남한산성 밑에 있는 육군교도소, 그리고 김천에 있는 소년교도소, 이렇게 세 곳이다. 우리나라에 있는 교도소 중 유일하게 못 가 본 곳이 청주에 있는 여자교도소다. 거기 가는 건 하느님 소관사라 내 힘으로 안 되는 곳이다.

역대 군사정권의 탄압을 우회적으로 공격한 이야기다.

의외성과 통념의 파괴

국정원이 중앙정보부, 국가안전기획부로 불리던 시절, 나는 그곳에 자주 불려 다녔다. 그런데 세상이 바뀌어 국정원장의 초대로 그의 공관에서 만찬을 함께하게 되었다. 자리가 파할 무렵 좌중의 인사들이 인사말을 하라고 하기에 이렇게 말했다.

"내가 이 회사에 여러 번 다녀갔지만, 이렇게 지상에서 밥을 먹어 보기는 이번이 처음입니다."

그 말 속에는 거기 붙들려 갔을 때마다 지하실에서 조사받으며 주는 밥을 먹던 지난날의 어두운 사연이 함축되어 있었다.

예부터 굳어진 통념이나 상식을 깨는 유머도 있다.

〈춘향전〉의 이몽룡은 아주 의롭고 신의가 있는 남자로 그려져 있는데 과연 그럴까? 이몽룡은 암행어사를 제수받자마자 곧장 전라도 남원으로 직행하는데, 가는 중에 민정 시찰은 하나도 안 하고 남원에 가서는 자기 애인을 괴롭혔다고 변학도를 봉고 파직했다. 이것은 '직권남용죄'의 전형적인 사례다.

또 예수를 십자가에 못박도록 사형선고를 내린 빌라도 로마 총독은 악역을 맡긴 했지만 공로도 있다. 예수의 십자가와 부활 없는 기독교를 상상할 수 있을까? 만약 빌라도가 예수에게 무죄 선고를 하고 예수가 그냥 물러났다면, 오늘날의 기독교는 뭘 내세웠을까 생각하면, 빌라도가 본의 아니게 세운 공도 있긴 있는 것 같다.

내가 이런 말을 하면 어떤 목사님은 고개를 끄덕이고, 또 어떤 목사님은 눈살을 찌푸린다. 상식과 통념에 반하는 불경이라고 생각해서일 것이다.

어떤 사람이 "너, 강도 만날래? 국회의원 만날래?" 하고 친구에게 물었더니 그 친구가 "강도를 만나겠다" 하더란다. "왜?" "강도는 한 번 만나 털리면 그것으로 끝나지만, 국회의원은 한 번이 아니라 두고두고 털려야 하니까."

이것은 모두 상식이나 통념을 뒤집어엎는 유머들이다.

사실 속에 들어 있는 유머

실수는 때로 즐거운 화제가 되기도 한다.

재판장이 피고인석에 나온 아주머니에게 이름을 확인하고 "주소?"라고 물었는데 아주머니가 잘 안 들렸던지 대답을 못하니까, 재판장이 "아주머니 사시는 곳이 어디냐고요?" 하고 물었다. 그랬더니 "예, 제가 사는 곳은요, 저 원효로 1가에서 버스를 내려 쭉 가다가 오른쪽 약국 골목으로 들어가면 그 골목 끝나는 데에 우리 집이 있어요"라고 숨차게 설명했다고 한다.

내가 법정을 참 많이 드나들었지만 주소를 그렇게 시청각적으로 훤하게 말하는 사람은 처음 보았다.

또 이런 일도 있었다. 법정에 증인으로 나온 할아버지에게 재판장이 인정신문에서 할아버지에게 직업을 묻자 못 알아들어 재판장이 "할아버지 하시는 일이 무엇이냐고요?"라고 다시 물으니, "나 하는 일? 그거야 밥 먹고 잠자는 것이지, 뭐" 하고 대답하는 것이었다.

세상엔 이처럼 꾸미거나 해석을 가미하지 않아도 사실 또는 말 자체가 유머러스한 일이 많다.

내가 이런저런 시민운동단체 책임자로 있으면서 여러 곳에서 협찬을 받았다. 과천에 있는 한국마사회에서도 도움을 받아 감사 인사를 하러 갔다가 식사까지 대접받게 되었다. 식사가 끝나고 인사말에서 이렇게 말했다.

"지금까지 제가 이런저런 대접을 많이 받아봤지만, 세상에 말[馬]이 번 돈으로 식사 대접을 받아보기는 이번이 처음입니다."

사실 속에 들어 있는 유머의 원소를 검출해서 보여 주었다고 할 수 있다.

말의 음과 뜻을 전용하여

말의 뜻을 전용해서 만들 수 있는 유머도 있다.

과거 1960년대 이후 군사정권 시대에는 우리나라의 특정 지역, 특정 학교 출신들이 승승장구하고 우대받던 시절이 있었다. 나는 강연에서 그런 풍조를 빗대어 이렇게 말한 적이 있다.

"나도 이력서에 안 적어서 그렇지 미국 하버드대학을 나왔습니다. 1986년 미국 하버드대학의 엔칭燕京 연구소에 가서 강연을 했는데, 그때 하버드대학을 둘러보고 나왔거든요. 어쨌든 하버드대학을 나온 것은 틀림이 없습니다. 물론 졸업했다고는 말하지 않습니다. 멕시코대학에도 들어갔다가 한 시간 만에 나왔습니다만….

이런 것이 말의 음이나 뜻을 전용해서 농담을 만드는 예다.

미국에서 있었던 일이다. 보스턴에서 교포 한 분의 안내로 길을 가는데, 횡단보도 신호등에 파란불일 때는 WALK, 빨간불일 때는 DON'T WALK라는 글자가 떴다.

횡단보도를 막 건너려는데 빨간 신호, 즉 DON'T WALK가

뜨기에 막 뛰어 건너갔다. 나를 안내하던 분은 뒤에서 지켜보고 있다가 신호가 바뀐 뒤에 건너오더니, 미국에서는 그렇게 신호를 어기면 안 된다고 했다. 그래서 내가 "나는 '걷지 말라'는 신호를 지키느라 뛰었을 뿐이다"라고 말했다.

말의 뜻을 가지고 유머를 만드는 건 이처럼 쉽고도 재미있다.

내가 우리나라에서 제일 큰 모금단체 회장직을 2년 동안 맡은 적이 있다. 당시 큰 기업이나 뜻있는 개인들의 기부를 많이 받았는데, 청와대에서 일 년에 한두 번 기부자들을 초청하여 만찬을 베풀었다. 그 자리에서 대통령 내외분이 치하를 하고, 회장인 내가 감사 인사를 했다.

"오늘 얼마나 비싼 식사를 하셨는지는 여러분이 저보다 잘 아실 겁니다. 저는 이 자리에서 어원 연구 결과를 하나 말씀드리겠습니다. '기부'를 뜻하는 영어 단어는 도네이션donation이죠? 제가 그 어원을 연구해 보니 그 뿌리가 사실은 우리말이었습니다. '돈내쇼'가 '도내숑', '도내셩' 하다가 '도네이션'이 된 겁니다. 그러니 우리는 '기부'란 말의 어원국 국민답게 기부에 많이 참여해야 할 것입니다."

그래서 모두 웃으면서 박수를 치고, 그해는 1,400억까지 돈을 모았다.

모순된 현상이 해학적 웃음을

김대중 전 대통령이 노벨평화상을 받은 날 저녁 오슬로의 큰 공연장에서 열린 축하행사에 세계적인 아티스트들이 무대를 장식했다. 한국인으로는 유일하게 조수미 씨가 노래를 불렀다.

조수미 씨는 노래가 끝나자 긴 드레스 자락을 위풍당당하게 끌며 김 대통령에게 다가가 감격적인 포옹을 했는데, 무척 인상적이었다. 그날 저녁 축하공연에 참석한 우리 일행이 돌아가는 버스 안에서 한마디씩 소감을 얘기했는데, 나는 이렇게 말했다.

"여기 와서 보니 김대중 대통령의 '햇볕정책'이 왜 노벨평화상을 받았는지 알 것 같다. 이 나라에는 흐린 날이 많아서 햇볕이 너무 귀하고 오후 3시면 어둑어둑해지니 햇볕정책이란 말에 얼마나 귀가 번쩍했겠나. 그리고 아까 조수미 씨가 김대중 대통령을 열렬히 포옹했는데, 그녀가 외국 생활을 하다 보니 우리말이 좀 서툴러 포용정책을 포옹정책으로 오해한 것 같다."

모순된 현상이 해학적 웃음을 자아내는 수도 있다. 청소년들을 어떻게 하면 TV에서 떼어놓고 책을 읽게 만들까 하는 논의가 한창일 때, 어느 단체에서 중고등학생을 대상으로 독후감 공모를 했다. 그런데 시상식에 가보니 독후감 대상을 받는 학생에게 주는 상품이 바로 TV였다. TV에서 멀어지게 하자는 취지로 독서 장려를 하면서 상품으로 TV를 주는데 누구도 이상하게 여기지 않고 박수만 치고 있었다.

미국에서도 같은 걱정을 하는 어른들이 공익 광고를 만들었다. 포스터에 햄릿의 유명한 대사 "사느냐 죽느냐 to be or not to be"를 패러디해 "TV or not TV"라는 표현을 쓴 적이 있다.

유머는 담대함과 여유로움을 보이는 데도 좋은 구실을 한다.

2차 세계대전 때 런던의 한 백화점도 독일 공군의 폭격으로 크게 부서졌는데, 다음 날 아침 그 백화점 앞에는 이러한 펼침막이 내걸렸다고 한다.

'정상 영업 중. 단, 출입구를 대폭 확장하였음.'

난처한 질문을 받거나 민망한 상황에 처하게 되었을 때도 유머는 좋은 방편이 되어 준다. 어떤 자리에서 나를 소개하는 분 중에는 '정의로운 변호사', '부드러운 문인' 등 낯뜨거운 칭찬을 해 주는 분도 있는데, 그때마다 나는 주석을 붙인다.

"방금 들으신 말씀에서 명사만 맞고 형용사는 다 틀립니다."

누가 나를 '문인'이라고 소개하면, 나는 "무인이 아니라는 의미에서 문인입니다" 하고 빠져나오곤 한다.

유머의 요체 - 압축, 반전, 직관

그럼 유머의 요체要諦는 무엇인가?

유머는 압축이다. 말을 길게 할수록 늘어지게 되고, 그렇게 되면 유머라고 할 수가 없다. 압축해서 간결하게 말해야 한다. 셰익스피어도 "간결은 지혜의 정수"라고 했다. 아무리 복잡한 이야기도 서너 마디로 단순화시켜 끝내야 한다. 그리고 그 짧은 이야기 속에는 반드시 감동을 줄 만한 핵이 담겨 있어야 한다.

유머는 하나의 반전反轉이다. 일반인의 예상대로 귀결되면 유머가 될 수 없다. 확 뒤집어야 한다. 의외성이 필수요건이다.

유머는 직관이다. 직관은 심사숙고와 대치되는 정신작용이다. 앞서 말했듯이 심사숙고해서 나오는 것은 철학이지 유머가아니다. 어떤 순간 머릿속에서 떠오르는 것이어야 한다. 이것은하루아침에 배울 수 있는 기능이나 요령이 아니다. 다양한 경험과 낙천적이면서도 비판적인 사고력, 꾸준한 지식의 함양 같은 것이 어우러졌을 때 품격 있는 유머가 나온다.

한 가지 주의할 것은 어떤 유머든지 듣는 사람, 대화 상대의 수준과 처지에 맞는 것을 골라야 한다. 장소와 분위기, 상대의 직업, 환경, 교육 수준 등을 고려해야 한다.

　"해학은 듣는 사람에 의해서 완성된다"는 말이 있다. 그래서 사람들에게 유머 또는 해학을 입에 올릴 때 제일 걱정스러운 건 우스운 이야기를 했는데 사람들이 웃지 않으면 어쩌나 하는 것이다.

체험에서 우러난 유머

해학 또는 유머에는 있는 사실에서 뽑아내는 것과 상상으로 만들어 내는 것, 또는 읽었거나 들었던 이야기를 다시 인용하는 것 등이 있다.

내가 경험한 바로는, 자기 체험에서 나온 유머가 가장 따끈따끈하고 독창성이 있어서 좋다. 요즘 유머 책이나 유머 강사들을 통해 접하게 되는 유머는 이미 알려진 것, 신문 잡지 또는 인터넷이나 책에 떠다니는 것을 재탕 삼탕하는 예가 적지 않다.

그처럼 남이 만들어 낸 기성품은 듣거나 읽는 이를 상대로 중고품을 재활용하는 느낌을 준다. 이미 진범이 알려진 탐정소설 이야기에 비유할 수도 있다. 뿐만 아니라 안일한 무임승차 같은 인상을 주기도 한다.

체험에서 우러난 유머는 자기 고유의 토산품이자 지적 재산이기 때문에 창의성과 생동감이 있어서 한층 값지다. 자기 작품이라는 브랜드 가치가 있어야만 첫 경험 같은 신선하고 기억에 남는 유머가 되는 것이다. 그러나 읽는 것과 듣는 것도 유머의 소중한 밑천이 되는 것은 사실이다.

유머는 말재간이 아니다

유머는 원가도 별로 들지 않고 또 아직은 면세다. 세상에는 이렇게 수지맞는 호재好材가 그리 많지 않다. 그러니 이런 비장의 보고寶庫, 요즘 말로 블루오션을 찾아나서 보자.

대화에서는 진실성이 무엇보다 중요하다. 거기에 유머가 첨가된다면 금상첨화다. 선진형 대화문화를 모색하는 데 있어 해학과 유머를 활용하는 것은 아주 신선한 방식이다. 인간으로서의 따뜻한 마음, 각박한 인간관계를 넉넉하게 해 주는 친화력, 생활 속에 배어드는 삶의 운치, 낙천적인 즐거움, 답답함과 스트레스에서 해방될 수 있는 정신적 여유, 이런 것들을 갖추기 위해 대화 속의 사례를 들어 얘기하면 그 효과가 배가된다.

해학은 보통의 웃음과는 다르다. 의미 부여, 반전, 역설 등을 통해 웃는 웃음이어야만 해학이라고 할 수 있다. 그것은 단순한 즐거움만이 아니라 사람을 깨우쳐 주기도 하고 마음을 찌르기도 하며 비판과 저항의 표출도 된다. 구원을 경험하게도 하고 낙천적인 기질과 생각의 여유를 심어 주기도 한다.

억지로 꾸며서 하는 말은 해학이 되기 어렵다. 해학은 결코 말재간만으로 되는 게 아니다. 평소 인간과 사물을 깊이 있게 통찰하고 일상의 삶에서 의미를 탐구하며 남다른 식견과 사색을 쌓아 나가야 한다.

인간사를 긍정적으로 사고하고 인간에 대한 사랑을 바탕으로 하는 해학을 체질화하는 사람들이 많아지면 우리는 그만큼 밝고 희망찬 세상을 가꾸어 나갈 수 있고 평화롭고 윤기 넘치는 사회를 기대할 수 있다.

유머는 생활의 필수 과목

대화에서도 진실과 정직이 사람으로서 갖추어야 할 높은 덕목임에는 틀림없지만, 그런 것은 필요조건이지 충분조건은 아니다. 따라서 진실하고 진지한 것만 강조하는 대화는 때로 경직된 언어에 그치는 수가 있다.

반면에 해학이나 유머는 규격화된 언어의 딱딱함을 완화시켜 주면서 사람들 사이의 친밀감을 높여 주고, 웃음을 통한 화합을 가져온다. 그 사람의 교양 수준을 말해 주기도 한다.

유머는 각박한 현실로부터 우리를 해방시켜 주기도 한다. 협량을 벗어나 아량으로 나가는 것을 도와준다는 의미에서도 유머야말로 우리 생활의 필수 과목이다.

이제는 CEO라는 말의 E도 Executive의 머리글자가 아니라 Entertainment의 첫 자를 가리키는 말이라고 하는 시대다. 어느 그룹의 리더든지 구성원에게 즐거움을 주며 화합을 이끌어내는 능력을 갖추어야 하는 시대라는 것이다.

우리는 너무 오랫동안 '차려문화'에 갇혀 살아왔다. 어디에 가든 정해진 틀이 있고, 그것을 벗어나면 큰일나는 줄 알고 긴장하곤 한다. 대학 입시 준비로 보낸 중고등학교 생활이 그랬고, 대학에 와서도 취업 문제로 긴장하는 시간들이 그렇다. 사회생활, 직장생활에서도 긴장과 스트레스의 연속이다. 몸과 시간뿐만이 아니라 우리 머리까지도 묶어 두는 이런 '차려문화'는 참 감내하기 어렵다.

'차려'가 중요하기는 하지만 '열중 쉬어'와 '편히 쉬어'를 잘해야 정말로 '차려'가 필요할 때 제대로 잘할 수 있다. '쉬어'라는 것은 그림에서는 여백과 같고, 음악에서의 쉼표와 같은 것이다. 그리고 언어생활에서는 바로 해학이나 유머가 그 '쉬어'의 기능을 한다.

긴장과 이완의 배합과 조화

중국 최초의 시가집이라는 《시경詩經》에 '이장지도弛張之道'라는 말이 나온다. "활줄을 팽팽하게 맨 채 활을 걸어 놓으면 오히려 탄력이 약해지며, 그렇다고 활줄을 느슨하게 해 두면 명중률이 낮아진다"고 한다.

그러니까 활줄을 너무 팽팽하게 해도 안 되고 너무 풀어 두어도 안 좋기 때문에 일정 시간은 팽팽히 조여 두었다가 또 얼마 동안은 느슨하게 풀어 두어야 한다. 즉 긴장과 이완을 잘 조절해야 활이 제 기능을 할 수 있다는 것이 '이장지도'의 참뜻이다.

이것은 우리의 몸과 정신에도 그대로 들어맞는 이치다. 긴장하고 이완하는 것의 적절한 배합과 조화, 거기에 바로 삶의 묘미가 있고 유머의 영토가 있는 것이다.

요즘에는 유머에 대한 인식도 많이 달라졌다. 얼마 전 신문을 보니 여성들이 배우자를 고르는 조건 1순위에 유머가 올라 있었다. 의료계에서도 '웃음치료'라는 것이 관심거리가 되고 있고, 서울대병원 가정의학과에는 '웃음클리닉'이 있다고 한다.

유머가 무엇인지를 밝히는 말들은 많이 있지만 유머의 서로 다른 정의를 길게 열거하는 것이야말로 유머의 기본 정신에 어긋날 염려가 있기에, 유머가 어느 때 어떤 효용을 발휘할 수 있는지를 실례를 들어볼까 한다.

유머는 분위기를 살리는 센스 있는 소품이다. 유머는 심사숙고 끝에 나오는 게 아니다. 심사숙고해서는 유머 아닌 철학이 나온다. 유머는 순간적으로 떠오르는 '돌발영상'에 가깝다.

우선 자기 자신을 유머의 소재로 삼을 줄 알아야 한다.

누군가 저한테 "변호사님, 요새 한가하세요?"라고 물으면 "저는 조상 때부터 한가 아닙니까? 예나 지금이나 한가합니다"라고 대답한다.

"좀 수척해 보이시네요"라는 인사말에 "저는 일찌감치 몸의 구조조정을 해서 필요 없는 살은 하나도 없지요"라고 대답한다.

"요새 무슨 운동을 하시나요?"라고 물으면 "나야 변호사니까 운동이라면 오랫동안 석방운동을 해 왔지요"라고 대답한다.

아이스 브레이커의 역할

외국에서는 대부분의 행사에서 연사가 말을 시작하고 나서 1,2분 안에 반드시 청중을 한번 까르르 웃긴다. 그런 것을 쇄빙선ice-breaker이라고 한다. 처음 시작할 때의 밋밋하거나 서먹하고 엄숙한 분위기를, 얼음을 깨면서 앞으로 나가는 쇄빙선처럼 타개해 주는 역할을 한다는 것이다.

엄숙한 분위기라고 하면 대통령의 집무 공간인 청와대보다 더한 곳이 없을 터. 김대중 대통령 시절 감사원장 자리에서 정년퇴임한 지 얼마 안 되었을 때, 정무직 퇴임자들이 청와대 오찬에 초대를 받아 갔다. 대통령의 권유에 따라 다들 재킷을 벗고 식사를 하는데, 나는 대통령 바로 옆자리에 앉아 있다 보니 어쩐지 조심스러워서 옷을 입은 채로 있었다. 그랬더니 대통령이 이렇게 말한다.

"한 원장도 옷 벗으시지요."

"저 작년 가을에 옷 벗었는데 또 벗을까요?"

하여 주위 사람들을 웃긴 일이 있다. 이런 것이 쇄빙선이다.

그 후 다시 청와대에 가게 되었는데, 그때는 식사가 끝나고 참석자들이 돌아가며 마이크를 잡고 한마디씩 했다. "불러 주셔서 감사합니다"라는 인사말로 시작하여 정책 건의를 하는 사람도 있고, '용비어천가'를 읊는 사람도 있었다.

그런데 누군가 "청와대는 감옥과 같은 곳"이라고 말했다. 거기에선 부자유스럽고, 바깥세상이 어떻게 돌아가는지도 모르게 차단되어 지낸다는 의미에서 감옥과 같다는 말을 했을 것이다.

내 차례가 되었을 때 나는 이렇게 말했다.

"아까 청와대는 감옥과 같다고 하신 분이 있는데, 저는 그 정반대라고 생각합니다. 감옥은 들어갈 때는 기분이 나쁘고 나올 때는 기분이 좋은데, 청와대는 그와 반대로 들어갈 때는 기분이 좋지만 나올 때는 대개 기분이 안 좋으니까요."

그러자 좌중의 여러 사람이 웃었다. 물론 아무리 해학이 좋다지만 그때가 정권 말기였으면 그런 농담은 못했을 것이다.

분위기를 완화시켜야 할 때뿐만 아니라 분위기를 장악해야 할 때도 해학은 유용하다.

나는 저작권법 분야 강의를 하기 위해 일본에 간 적이 있다. 청중이 많이 모였는데 통역이 저작권법에 대해 잘 모르는 분이라 자칫 내용 전달이 잘못될 수도 있을 것 같고, 또 통역을 쓰면 강의시간의 절반밖에 못 쓰게 된다는 생각이 들었다. 그래서 주최 측과 협의하여 직접 일본어로 강의하기로 했다.

그때 단상에 올라가서 첫마디를 이렇게 시작했다.

"여러분, 저는 초등학교 5학년 때까지 일제 치하에서 교육을 받은 사람인데 지금부터 일본어로 강의를 해 보겠습니다. 만약 제가 일본어를 잘하거든 일본의 조선 식민지 통치가 얼마나 가혹했는가를 생각하며 일본인 여러분은 반성을 하셔야 합니다. 그리고 반대로 제 일본어가 서툴면, 그럼에도 불구하고 식민지 교육은 실패했다는 점에 대해서 반성을 해야 합니다."

잘하지 못하는 일본말이었지만 그렇게 '좌우지간 반성'을 촉구하고 나니까 완전히 분위기가 잡힌 것 같았다.

유머가 직설보다 품위 있는 이유

유머나 해학이 직설보다 좋은 이유는 설득이나 강조를 할 때, 또는 비판을 해야 할 대상에 대해 말을 조금 돌려서 우회적으로 할 때도 품위 있는 전달 기능을 할 수 있기 때문이다.

내가 1967년 세칭 '동백림간첩단사건' 재판 때 프랑스에서 잡혀 온 이응노라는 유명한 화가의 변호를 맡은 일이 있다. 1심 재판에서 검사가 무기징역을 구형했는데 징역 5년이 선고되었다. 그러자 주위 사람들이 무기 구형에서 징역 5년 판결이 떨어졌으니 참 성공적인 변호였다고 했다.

그때 나는 "성공은 무슨 성공? 항소심에 가서 할 말이 많다"고 했다. 그리고 항소심 법정에서 "나이가 70이 다 된 피고인에게 5년 징역을 살라는 것이 무기징역하고 뭐가 얼마나 다르냐?"고 말했다.

1960년대에는 평균 수명도 지금 같지 않았으니까. 아무튼 이 말 때문이었는지 2심에서 2년이 깎여 징역 3년으로 감형되었다.

연세대 마광수 교수가 소설 《즐거운 사라》 때문에 형사재판을 받을 때도 변호를 맡았다. 그 소설이 '음란'하다고 해서 형법상 '음란문서작성죄'로 기소된 사건이었는데, 종래 우리 법원은 일본 판례를 베껴다가 "음란의 첫째 요건은 사람에게 성적 흥분을 일으키는 것"이라고 정의하고 있어서 나는 이렇게 말했다.

　"성적 흥분을 일으키는 것이 왜 범죄의 요건입니까? 만약 그것이 범죄라면 지금 이 법정 안에 있는 모든 사람이 다 범죄의 산물이 되어야 합니다. 그리고 이 소설은 성적 묘사가 지나치다 보니 오히려 성적 흥분이 되지도 않습니다. 그러니 무죄 판결을 해 주시기 바랍니다."

　그런데 1심 재판에서 유죄 판결이 났다. 그러자 사람들이 "요새 1심 판사들이 하도 젊어서 그런 정도로도 성적 흥분을 하는 모양이다"라고 말했다.

　다시 항소를 했고, 2심에서도 같은 결과가 나왔다. 그래서 상고는 포기하자고 했는데, 그때 누군가가 "대법원은 그래도 기대할 만하지 않느냐? 나이가 좀 많은 대법관들은 아마 그리 쉽게 흥분하지 않을 거다. 한번 더 시도해 보라"고 해 '혹시나' 하고 상고했다가 '역시나'로 끝난 적이 있다.

　훗날 음란의 정의를 우연히 다른 책에서 보았는데 아주 간단명료했다.

"읽거나 보면서 눈물을 흘리면 예술이고, 침을 흘리면 음란이다. 상반신이 변하면 예술이고, 하반신이 변하면 음란이다."

이런 명쾌한(?) 정의를 진작 알았더라면 그 재판에서 유용하게 인용했을 텐데, 무척 아쉬웠다.

제2부

그와 나의 애창곡

이름이 운명을 지배한다고?

"자넨 이름부터 반체제여. 한국의 헌법을 이기겠다니 문제가
아닐 수 없지."

"승리라는 승勝자 대신 승복한다는 승承으로 바꾸면 무사할
거여."

나의 거센 팔자를 이름풀이를 가지고 규명하려는 객담은 한
두 사람으로부터 들은 이야기가 아니다. 그런 말을 거듭 듣고
나니 명名이 실實로 이어지는 무슨 인과작용이라도 있는가 싶기
도 하나, 내 이름에 대한 자부심에는 변함이 있을 수 없다.

내 이름은 내가 태어나기 한 달 전 아버님 친구인 한문 선생이
지어 주신 것이다. 그분은 앞을 보지 못하는 시각장애인이었는
데 남의 길흉화복을 예언하기도 하고, 작명도 곧잘 했다고 한다.

한 달 후에 머슴애가 태어날 것을 미리 알고 우리 집안 남자
의 항렬자行列字에 맞추어 미리 이름을 지었다니 뜨겁게 맞춘 셈
이다. 하지만 그분이 40년 후의 박정희 유신헌법까지 내다보고
그런 이름을 지어 주었으리라고는 생각되지 않는다.

성명철학은 서양에서도 무시할 수가 없는 모양이다. 월남전에서 미국은 치욕스런 패배를 경험했다. 그 곤혹스런 전쟁 때문에 닉슨의 악명은 더욱 높아졌지만 현지에서 전쟁을 감당해야 했던 미군 지휘관도 패전의 수치를 벗어날 수가 없었다.

바로 그 불운한 미군사령관의 이름이 하필이면 웨스트모어랜드Westmoreland 장군이었다. 따라서 그가 북쪽의 호찌민군을 밀어붙이기는 어려웠던 것이다. 그의 이름이 노스모어랜드Northmoreland였더라면 미군은 북벌北伐에 성공하였거나 적어도 패전은 면했으리라는 생각이 든다.

이름이 운명을 지배한다고 믿는 사람들이 많기에 작명소를 열어 부자 된 사람도 있고, 이름을 바꾸어 보려고 기웃거리는 사람도 적지 않다.

70년대 초반, 지금은 고인이 되신 권순영 변호사님과 함께 라디오 전화상담 프로그램을 맡아본 적이 있다. 어느 날 개명 절차를 묻는 상담자에게 권 변호사님은 이렇게 즉석대답을 했다.

"이승만 대통령 시대에 내가 재판한 절도 피고인 중에도 '이승만'이라는 사람이 있었습니다."

내가 최전방 부대에 근무하던 자유당 말기, 서울에 나와서 중앙청 건너편 길모퉁이를 지나가다가 담벼락에 '작명 · 관상'이라

써 붙여 놓고 앉아 있는 노인을 본 적이 있다. 그의 앞에는 행운의 극치가 될 법한 이름이 부대 종이에 한자로 크게 쓰여 있었다. 이승만과 리기붕이었다.

4·19 후 서울에 나와서 다시 그 지점을 지나게 되었는데, 그때도 노인은 그대로였으나 이름의 샘플은 이미 바뀌어져 있었다. 윤보선과 장면, 두 사람의 이름이었다. 그들의 이름도 그런 부침浮沈 속에 희미해져 가고, 지금 우리는 새로운 이름의 미래를 지켜보고 있는 중이다.

예전에 폴란드의 새 수상 이름은 '아다메치'였다. 그 사람이 수상에 오를 수 있었던 것은 그가 한국에서 태어나지 않기 때문이리라.

캐리커처 세 점

내 얼굴을 그린 초상화 또는 캐리커처 몇 점을 나는 소중히 간직하고 있다. 그려 주신 분들의 정의情誼가 고마워서 그러하지만, 그림에 나타난 내 몰골은 역시 잘나 보이질 않는다.

고바우 김성환 화백이 그려 준 초상화는 아주 정중하게 그려진 작품이다. '공정公正'의 상징인 저울을 들고 서 있는 모습인데, 고바우의 천품이 배어 있는 명작이다. 안면이 홀쭉한 것도 사실적寫實的인 관점에서는 딴말이 나올 수가 없다.

박기정 화백도 나를 기쁘게 해 주겠다며 정성스레 초상화를 그려 주었다. 서소문 고가도로 근처 골목집에서 정운경 화백과 함께 (셋이서) 점심을 먹고 중앙일보 화백실로 돌아가 밑그림을 떴다. 그런데 정작 완성된 그림을 나중에 받아 보니, 이건 내 홀쭉한 얼굴에 바람이라도 넣은 듯한 둥근달이자 '찐빵'이었다. 비록 '현품'은 야위었지만 좀 복스럽게 보였으면 좋겠다고 한 내 말을 존중(?)한 것이리라. 말하자면 있는 그대로가 아닌 '희망사항'을 그려 낸 것이었다.

정 화백이 곁에서 "한 변호사님 넥타이도 화려한 것으로 골라 매 드리시오"라고 했는데 과연 넥타이도 휜했다. 현실로 이루지 못한 풍채를 그림 속에서나마 성취해서 기분이 좋았다.

박재동 화백이 펜으로 그린 초상화는 아주 우연하게 얻은 선물이다. 언젠가 예술의전당 토월극장에 공연을 보러 갔다가 로비에서 박 화백을 만났다. 서로 오랜만이라며 마주 앉아 음료수를 마시면서 정담을 나누었다. 그때 그는 어깨에 멘 가방에서 노트 같은 것을 꺼내어 무언가 메모라도 하는 것 같더니, 일어날 때 한 장의 종이를 떼어 건네는 것이었다. 주스 마시고 이야기 나누면서 어느새 내 얼굴을 그렸던 것이다.

검정 펜으로만 그렸는데도 드문드문한 선의 흐름에 내 모습과 비슷한, 제법 근사한 얼굴 윤곽이 살아 있었다. 유감스러운 것은, 내 홀쭉한 볼을 너무 실감나게 묘사해 놓은 바람에 그야말로 간디처럼 되어 버린 것이다.

'볼 근처의 선 한두 가닥만 좀 볼록하게 그려 주었더라면 그런대로 괜찮았을 터인데' 하는 아쉬움이 살짝 스쳐갔다. 그래도 그 그림이 맘에 들어 사무실에 붙여 놓은 지 오래인데, 친지 한 분에게 그런 류의 아쉬움을 농담 삼아 털어놨다. 그랬더니 그분 말씀, "만일 당신 초상화에서 볼이 나오고 살쪄 보이면 한 변호사의 이미지를 버릴 것이다"라고 했다. 나의 이미지는 프롤레타리아적 수척형에 있는가 보다.

몇 해 전 예술의전당 전시실에서 이른바 명사 흉상 전시회가 열렸다. 어쩌다가 내 흉상도 그중에 끼게 되었는데, 거기에도 약간의 주석이 필요하다.

소위 흉상의 주인공이 될 명사를 작가들이 한 사람씩 분담한 모양인데, 나를 맡은 조각가는 평소 잘 아는 학교 후배 Y화백이었다. 그래서인지 흉상 제작 중에 점토로 모양을 뜬 단계에서 일부러 싸가지고 와서 보여 주는 것이었다. 평면 사진만 보고 입체 조형을 한 것이 놀라울 만큼 나하고 닮아 있었다. 물론 볼이 쑥 들어가 있었다. 볼품없는 모습에 또 마음이 쓰여서 한마디 당부를 했다.

"양쪽 볼에다 흙 한 줌씩만 더 붙여 주면 얼굴이 좀 살아나겠는데…."

이 말에 Y화백은 그렇게 해 보겠다고 약속했는데, 막상 전시장에 나가 보니 처음 그대로에다 브론즈만 씌워 놓은 것이 아닌가.

"내가 모처럼 그렇게 당부를 했는데, 더구나 선후배 간 잘 아는 처지에 그럴 수가 있는가."

물론 농반으로 따졌더니 그가 당혹스런(?) 어조로 답했다.

"작업실에 가서 양볼에 흙을 한 줌씩 붙여 봤더니 전혀 딴 사람이 되어 버려서요."

변호사이자 감옥 생활을 한 경력과 아울러 나는 수척형 얼굴로도 간디를 닮는 영광을 누려 온 셈이다.

'사'자 직업

    국회의원 선거에서 차점으로 낙선한 유지 한 사람이 이력서에 한 줄을 첨기添記하되 '낙선'이라 쓰기는 싫었던지 'O대 국회의원 선거 시 부당선副當選'이라 적었다는 일화가 있다. 만일 낙선이나 낙방 같은 쓴잔도 경력으로 보아줄 수 있다면, 나에게도 2급 비밀쯤 되는 숨은 경력(?)이 있다.

    학생 때 아나운서 채용시험을 쳤다가 떨어진 일이다. '모집 인원 약간명'이라기에 그 '약간' 속에 끼어볼 요행을 바란 것이 잘못이었다. 나중에 보니 합격자는 단 한 사람. 어째서 '하나가 약간'이 될 수 있는지 고소苦笑한 기억이 난다. 그때 유일한 영광을 차지한 분이 지금 M방송국의 C형이다.

    마이크 지망이 좌절되기 8년 전, 시골 국민학교를 졸업하던 해의 진학 입시에서 나는 이미 첫 번째 낙마落馬 경험을 했다. '선생님'이 되고 싶어 원서를 낸 사범학교의 합격 방문榜文에 아무리 보아도 내 수험번호 80번은 보이지 않았다.

    대학 생활 후반을 맞을 때까지 딴생각을 하다가 현실대응책의 일환으로 엄두도 나지 않는 고등고시를 쳐본 것은 하나의 전환점이었다. 첫번에 뺨을 맞고, 두 번째 겨우 손목을 잡은 것이 오늘에 이르는 행로의 갈림길이 되었다. 정해진 궤軌를 따라 검사를 하다가 변호사로 전업한 이제, 나와 '사'자 붙은 직업과의 묘한 인연을 생각해 보게 된다.

내가 지망했던 교사나 아나운사(정확히는 아나운서라지만)가 그렇고, 전직인 검사가 그런가 하면 지금의 변호사가 그렇다. 모두 '사'자로 끝나는 이름을 가진 직업, 우연이라기엔 너무 기이하다. 비단 '사'자만이 공통인자가 아니다. 여러 사람이 듣는 것을 전제 삼아 발성하며 정오正誤의 룰과 설득에 능해야 하는 점에서도 공통된 면이 있다.

그러니까 지금의 변호사 생활에도 때로는 교사다운, 때로는 아나운서다운 요소가 아울러 작용해야 하는 경우가 많다.

제3지망 직업이긴 해도 '이왕 들어선 바엔' 하고 지금의 생활을 후회해 본 적은 없다. 그저 힘에 겨워서 탈이다. 애환哀歡과 보람이 묻힌 직업이다. 인생의 아우성과 곡절을 피부로 실감하는 직업이다. 평온하고 잘되는 일로 찾아오는 사람은 없다. 무슨 변이 일어나야 찾아오는 직업이다. 남의 싸움, 남의 궂은일을 가로맡아 처결하는 일이 얼마나 큰 고충을 수반하는가는 말로 다 할 수가 없다. 거짓말이나 술수가 황하黃河처럼 항시 범람하는 지대에서 남을 부축해 주어야 한다.

그러자면 우선 남의 이야기를 경청해 주는 성의와 사안의 핵심을 간파하는 능력, 그리고 신속하게 사태 해결에 나서는 기민성이 요구된다. 거기에다 끈기와 인내력이 겸전兼全되어 있으면 더욱 좋다.

그러나 역시 마지막으로 소중한 요소는 사건을 올바르고 유리한 방향으로 남에게 이해시키는 설득력이다. 원래 변호사 활동이란 판·검사나 당사자, 그 밖의 소송 관계인들을 상대하여 주장을 풀이하고 납득시켜 유리하고 타당한 결말을 짓는 것이 종국의 목적이니 말이다.

글로든 말로든 그 표현이 명확하여 수긍이 가도록 해야 한다. 미국의 정치가이자 웅변가인 다니엘 웹스터가 "명쾌한 진술의 능력은 변호사에게 있어서 가장 위대한 힘"이라고 말한 것은 이러한 사리를 강조하는 새삼스런 말이다.

그러고 보니 여러 사람에게 자기 뜻하는 바를 간명하게 전달하고 이해시켜야 하는 점에서 교사나 아나운서도 변호사와 유사성이 있다.

남을 가르치고 깨우치는 교사의 직분이 수월치 않음은 내가 겪은 약간의 경험을 통해 알고 있다.

남해안의 어느 항구 도시에서 검사 생활을 할 때, 직업 소년들을 위한 야간 중학에 나가 백묵을 쥐어 본 적이 있는데, 불우한 아이들에게 바친 정열과는 달리 내 뜻이 제대로 전달되지 않는 듯싶어 고심한 기억이 난다.

그 밖에 무슨 강연이나 좌담을 할 때도 그러한 어려움을 의식한 적이 한두 번이 아니다. 발음이나 억양부터 정확해야 하는 아나운서의 어려움은 더 꺼낼 필요도 없다. 가끔 방송에 나가 마이크 앞에서 입을 열게 되면 독일어의 도치법倒置法처럼 말의 앞뒤가 바뀌거나 요령부득에 빠져 버리기도 한다. 내 성대聲帶의 진동음이 곱지 못한 거야 가상加霜의 흠이 되기에 족하고….

이렇게 생각이 번지자 내가 원했다가 패한 그 '사'자 직업이 지금의 '사'자 직업에 비해 더욱 두려운 면을 지니고 있음을 깨닫게 된다. 그러면서도 이 변호사 업에 큰 시련이 닥칠 때면 전에 하고 싶었던 다른 '사'자 직업에 막연하게나마 어떤 미련이나 부러움 같은 것을 느낀다. 변호사로서의 작업이란 늘 인생의 어둡고 숨막히는 갱도坑道를 드나드는 것과 같아서 더욱 그런지 모르겠다.

그래서 나는 생각한다.

참된 교육자가 되었더라면 만인의 스승으로 존경받으면서 보람을 찾을 수 있었을 텐데. 훌륭한 아나운서가 되었더라면 인기와 갈채를 한몸에 모으며 양지의 음향을 간직할 수 있었을 텐데 하고.

그런데 지금은 어떤가?

구제와 현정顯正을 이룩하려는 노력에도 불구하고 나의 표정엔 그늘이 잦다. 우렁찬 메시아의 합창을 들을 수가 없다. 무변無邊한 공간에 퍼져 나갈 메아리가 없다.

그렇다고 부정의 생리를 편들 수야 없다. 카인의 후손들이 아우성을 치는 이 지표地表에 발을 딛고 사는 이상, 싫어도 할 수 없는 현실 속의 존재이기에….

그렇지만 마음속엔 현실로부터의 해방을 꾀하는 공상이 언제나 도사리고 있다. 이 어수선한 대기권을 벗어나 새로운 궤도를 찾고 싶은 충동에 휘말린다. 말하자면 우주비행사처럼.

아, 여기에도 '사'자가 붙었던가.

무슨 운동을 하십니까?

"한 변호사님은 무슨 운동을 하십니까?"

건강을 위해 혹시 운동 같은 것을 하느냐는 물음이다.

"글쎄요, 저는 변호사라서 운동이라면 석방운동 같은 것을 해 봤습니다만….""

이렇게 농담 섞인 대답을 하면서도 나의 건강을 염려해 주는 그런 질문은 듣기에 고맙다.

나는 운동 옆에도 가본 적이 없는 것처럼 수척하게 보이지만, 실은 이것저것 해 본 운동이 몇 가지는 된다. 테니스, 골프(75년 이후 중단), 탁구, 볼링 따위를 건강 유지와 재미를 겸해서 조금씩 해 본 셈인데, 그런 운동이 곧바로 신체의 건강에 플러스가 되었다기보다는 정신적인 활력소로 작용하였다는 생각이다. 그래서인지 나는 고되고 험난한 생활을 제법 잘 견디며 살아왔다.

나의 체중은 55킬로그램, 말하자면 밴텀급이다. 이 몸무게는 20년 동안 불변이다. 만일 어느 목욕탕의 몸저울이 나를 올려놓고 57킬로그램이나 혹은 53킬로그램을 가리킨다면 그 저울은

2킬로그램만큼 틀렸다고 단언해도 좋다. 나의 체중은 분명히 그리고 꾸준히 55킬로그램을 유지해 오고 있기 때문이다. 그러므로 나의 체중은 저울의 저울이다. 저울로 내 체중을 잰다기보다는 내 체중을 가지고 저울의 정확도를 측정할 정도다.

회식이나 잔치 자리 같은 데서 친구들은 나보고 몸도 약하고 하니 이런 때 많이 먹고 살 좀 찌라고들 한다.

"많이 먹고도 여전히 빼빼하면 더욱 면목이 없게 될 테니까 아예 안 먹겠네."

그러면서 속으로는 신언서판身言書判을 떠올려 보기도 한다.

"왜 그렇게 말랐는가?"

좀 민망한 표현으로 물어오면 나는,

"가뭄이 심해서 그러네."

하고 웃어넘긴다.

이 정도로 '약골'인 내가 자칫 한국의 대표적인 건강인으로 부각될 뻔한 일이 있었다.

우리 가족을 돌봐주는 S병원의 K박사에게서 전화가 왔다.

"KBS에서 한국의 저명인사 중에 모범이 될 만큼 건강한 인물을 '건강코너'에 출연시키겠다면서 추천을 의뢰하기에 한 변호사님을 추천했으니 사양 말고 꼭 출연해 주십시오."

"예? 당치도 않은 말씀입니다. 저같이 허약한 사람이 건강코너에 소개되면 코미디로서는 대성공을 거둘 수 있겠지요."

"아니, 무슨 말씀을…. 저도 의사로서의 명예를 걸고 추천한 건데, 꼭 나가셔야 합니다. 조금 뒤에 담당 PD가 전화를 드릴 겁니다."

과연 방송국에서 전화가 걸려 왔다.

"내가 건강한 사람의 샘플인 양 방송에 소개되면 시청자들이 얼마나 웃겠습니까. 많이 웃겨서 건강에 공헌할 수도 있겠지만, 어쨌든 다른 적임자를 물색해 보세요."

이렇게 해서 내가 소신을 관철한 것까지는 좋았는데, 바로 그 날 밤 열이 오르고 온 삭신이 쑤시는 등 감기몸살이 엄습해 와서 밤새 고생을 했다. 방송에 나가기로 승낙했더라면 큰 위선자 가 될 뻔했다.

나는 지병이 없다는 점에서는 건강한 사람이고, 중년기의 비 만증 걱정이 없는 것도 다행이지만, 사람이 함부로 건강 자랑을 할 일은 아니다.

나는 의사들로부터 질병에 대한 신경과민 현상에 대해 여러 가지 이야기를 들을 기회가 있었다.

"내가 무슨 병에 걸린 것이나 아닌가" 하고 지레 겁을 먹고 찾 아오는 사람들이 많다는 것이다. 나도 그런 경험이 없지는 않았 다. 그때마다 K박사는 간단한 진찰만 하고서 아주 정상이니 걱 정 말라고 무죄 판결 아닌 '무병 판결'을 내려 주곤 한다. 어떤 때는 청진기도 대보지 않고 눈으로만 진찰(?)을 하고 나서 아주 건강해 보이는데 무얼 신경 쓰느냐고 한다. 고명한 의사로부터 이상이 없다는 말만 들어도 몸이 가뿐하고 우울이 싹 가시는 것은 참으로 희한한 일이었다. 아픈 머리와 어깨의 뻐근함도 거짓말처럼 가셨던 것이다.

50고개를 넘으면서부터 명의名醫나 운동으로도 해결할 수 없는 것은 기억력 감퇴 현상이었다. 남의 어려운 일을 떠맡고 있는 직업인지라 만일 기억력 탓으로 깜박하는 일이라도 생긴다면 남의 소중한 운명과 이익을 그르치게 돼 큰일이 아니겠는가. 그런데 기억력 사고(?)가 대형화된 일 없이 지낼 수 있었던 것은 그야말로 천만다행이다.

내 나름의 사고방지책은 힘써 메모를 하는 일이다. 예정사항이나 유의해야 할 일들을 치밀하게 메모해 둠으로써 실수를 면하곤 했다. "아무리 총명해도 둔필만 못하다聰明不如鈍筆"는 말을 신봉하기 때문이다.

물건을 어디에다 두고서 찾지 못해 낭패하는 일은 비일비재하다. "어데다 잘 두지 그랬느냐"고 어머님이 안타까운 표정으로 말씀하시면, 나는 "두기는 잘 두었는데 잘 찾지 못해서 그래요" 하고 둘러대곤 했다.

독일의 한 시인은 기억력 감퇴 증세 때문에 3년 동안이나 치료를 받았다. 그리고 나서 친구에게 이렇게 말했다.

"과연 그 의사는 명의였어. 어쨌든 나는 그 의사가 청구한

진료비와 약값을 정확하게 기억하고 있으니까….”

　줄 것은 잊어버리고 받을 것만을 기막히게 기억하고 있는 우리보다는 매우 도덕적인 '증세'다.

　육신의 건강에 유의하는 것도 중요하지만 마음이 먼저 늙어가는 것을 경계할 필요가 있다. 정신적인 조로 현상이야말로 인간을 나약하게 만드는 요인이 된다.

　우선, 마음의 젊음을 잃지 말아야겠다.

2남1녀?

나는 지금까지 딱 한 번 점을 본 적이 있다. M방송국의 J아나운서의 유혹에 넘어가 어느 해 정초 연휴 때, 지금은 저세상 사람이 되어 버린 그 방송국 아나운서부장 C형과 함께 삼양동에까지 갔던 것이다. J아나운서의 말이, 아주 뜨겁게 맞힌다는 것이었다.

그 집은 한옥이었다. 별채 토방에 구두가 가득한 것을 보니 과연 소문난 점술가로구나 싶었다.

J아나운서는 그 점술가의 어머니와 안면이 있어서 우리는 특별히 안방으로 안내되었고, 잠시 후에 우리의 운명을 선포해 줄 문제의 점술가가 나타났다.

첫눈에 나는 그가 헛짚을 것이라는 예감이 들었다. 어디 얼마나 맞히나 보자 하는 생각으로 그와 마주 앉았다. 그는 나를 흘깃 쳐다보더니 종이를 꺼내 놓고 입을 열었다.

"지금 어디에 다니고 계신가요? 이것만은 말씀해 주셔야 합니다."

"그래요? 저는 법률사무소에 나가고 있습니다만…."

한참 우물거리던 그의 입에서 이런 말이 나왔다.

"2남1녀를 두셨군요."

"예? 아닌데요. 3남1녀인데요."

"그래요?" 하고 그는 곤혹스러워하더니 그래도 물러설 수 없다는 듯이 재빨리 표정을 수습하고서, "실례지만 그중 하나는 밖에서 낳아 가지고 데려온 아이 아닙니까?"

옆에서 터져 나오는 웃음을 참느라 애쓰던 C형이 내 옆구리를 쿡쿡 찔렀다.

"아닌데요."

"거 참, 이상하다. 분명히 2남1녀인데⋯. 그건 그렇고, 법률사무소에 다닌다고 하셨지요? 금년에 사법고시를 치르면 틀림없이 붙겠습니다. 아주 운세가 좋은데요."

"예? 고시 공부를 그만둔 지가 15년이 넘었는데 이제 무슨 시험을 친단 말입니까?" (사실 나는 당시부터 역산하여 15년 전에 이미 고시 공부를 그만두었던 것이다. 고시에 붙었으니까⋯.)

"그래도 한번 해 보시지요. 정 어려우시면 행정고시를 해도 되겠는데요."

처음부터 그를 불신하고 들어갔기 때문에, 말하자면 방해 전파가 강해서 그의 점괘가 난조를 일으킨 모양이었다.

그러나 그의 판단은 우선 시각적으로 정당했다고 본다. 법률사무소에 다닌다고는 했것다, 면상을 보니 수척하고 촌스러워 어느 모로 보나 변호사같이 보이지는 않았을 것이기 때문이다.

모처럼 공전절후空前絶後의 행차에서 나는 실망(?)했지만, 따지고 보면 "잘 맞힌다"는 사람인들 뭘 제대로 맞혔을까 싶다. 정치인, 사업가, 공무원, 입시생 부모 중에는 점술이나 관상을 광신하는 사람들이 많다는데, 그들에게 한 말씀 드리고 싶다.

"그렇다면 청와대 주인들의 말로가 왜 그렇게 되었으며, 아직도 자기 파멸을 향해 달려가는 세도가들이 왜 저렇게 많겠습니까?"

생선의 유족들

나는 전북 진안의 깊은 산골 마을에서 태어나고 자랐다. 우리 면은 행정구역으로 말해도 알기가 쉽지 않기 때문에 '무주 구천 동 옆 팔천동'이라고 하는 편이 이해하기가 쉽다. '산간벽지'라 는 말이 딱 들어맞는 곳이지만, "기차 구경 못한 사람도 많겠네" 라고 누가 얕보는 말이라도 걸어오면, "기차 안 본 사람은 있어 도 비행기 안 본 사람은 하나도 없다"고 받아치곤 한다.

원체 산골이다 보니 생선류 구경하기가 힘들었다. 장날(5일장) 도 없던 시절이라 기껏 지게에 생선을 지고 이 마을 저 마을 다 니는 장사치가 고작이었다. 그때 농민들이 주로 사 먹는 것은 조기, 고등어, 멸치, 갈치, 새우젓 정도였다. 모두 소금에 절인 것이어서 '생선'은 아니었다.

그러니까 나는 생선이란 걸 먹어 보지 못하고 자란 셈이다. 그래서인지 나이가 든 뒤에도 입에 맞지 않아 먹지 못하는 생선 이 많다. 가령 해삼, 낙지, 게, 굴 같은 것이 그런 류에 속한다.

게장이 참 맛있다면서 내게 권하면 "나는 게장은 상대 안 하 고 과장급 이상만 상대합니다"라며 사양한다.

나의 검사 생활 초임지는 경남 통영이었다. 이 항구 도시는 주변 풍광이 아름답고 원근 각처에 어장이 산재해 있어 생선이 명물이다. 명절 때 우리 집에 들어오는 선물은 거의가 생선이었다.

그런데 문제는 우리 식구들의 식성이 가장인 나를 닮아 정작 귀하고 좋은 생선은 먹을 줄 모른다. 하물며 요리가 안 된 '왼마리 생선'은 어떻게 손을 대야 하는지도 모른다.

생각다 못해 이웃집이나 어머님의 말벗 되시는 분들 집에 생선을 보냈다. 평소에 구경하기도 힘든 귀하고 값나가는 생선을 명절 선물로 받은 이웃들은 여간 고마워하지 않았다. 뿐인가, 새로 부임해 온 한 검사네 인심 참 좋더라는 소문까지 퍼져 오히려 당혹스러웠다.

얼마 전 제법 고급에 속하는 음식점에서 귀족풍의 생선이 왼마리로 식탁에 올라왔다. 나는 괜한 담론을 시작했다.

"이놈이 어느 망망한 바다에서 기분 좋게 헤엄치면서 놀다가 운수 나쁘게 그물에 걸려 어느 경로, 어느 수산시장을 거쳐 내 밥상에까지 올라오게 되었을까. 장본인은 그렇다 치고 이 생선의 유족들은 지금쯤 얼마나 슬퍼하고 있을까?"

그런데 그 식당 지배인의 말은 달랐다.

"염려 마십시오. 그때 이놈의 유족들도 다 함께 잡아왔으니까요. 그야말로 '일망타진'을 했을 터이니까요."

'가련동' 사람들

서울시청 앞 지하도 어귀나 종로2가의 혼잡한 길목을 지나가 본 사람은 알 것이다. 지하도 계단이나 행길에 늘어선 여인네들이 명함만 한 무슨 딱지를 나눠 주고 있다. '즉시 대출' 어쩌고 라고 인쇄된 고리대금 안내 전단이다. 지나가면서 주는 대로 다 받았다가는 한 움큼이 될 것이다. 돈의 편재를 가히 알 만하다.

그날도 친구와 함께 북창동으로 점심을 먹으러 가는 길에 예의 돈놀이 전단을 나눠 주는 여인들의 밀림 속을 지나게 되었다. 그런데 이상하게도 친구에게만 전단을 들이밀지 않는가.

"자네 돈 없는 사람인 줄 영락없이 알고 자네에게만 주는군 그래!"

"에, 이 사람, 자네는 담보조차 없어 보이니까 안 주는 거야."

결국 나의 판정패로 끝났지만, 다른 때는 나한테도 딱지를 계속 주는 것을 보면 비록 돈은 없더라도 담보는 있어 보이는 모양이었다.

흔히들 음식점 계산대 앞에서, "자네에게 무슨 돈이 있다고 그러는가?" 하면서 나를 밀어내는 사람이 있는데, 그렇다고 나도 밀려날 수는 없어서 한마디 한다.

"돈은 없지만 수표가 있단 말일세."

나의 무능력을 무욕無慾으로 오해한 나머지 나의 처지를 미화시켜 주는 분들도 있다. 그런 미화 발언 앞에서 만일 묵묵부답 했다가는 참으로 위선자가 되어 버릴 것 같아 반드시 한마디를 잇대어 놓는다.

"천만의 말씀! 사실 나는 돈을 매우 사랑하는데 돈이란 놈이 나를 사랑해 주지 않는단 말씀입니다."

김재준 목사님께서 하신 말씀인데, 미국 사람들은 God(하느님)을 사랑한다고 하면서 '엘(l)'자를 하나 더 끼워 넣어 Gold(황금)만 사랑하고 있더라고 했다. 그야 돈이 많아야(거액의 헌금을 통하여) 하느님을 사랑할 수 있기 때문인지도 모를 일이다.

독재정권에 의해 변호사 자격을 박탈당하고 8년간 실업자 생활을 할 때는 경제적으로 이런저런 고비를 겪은 것도 사실이다. 그 무렵 종합병원에 가서 명의 아닌 점쟁이를 만난 적이 있다.

진찰권을 끊는 창구에서 여직원이 내 주소를 묻기에 갈현동 몇 번지라고 대답했다. 그러나 내가 받아든 진찰권에는 글씨도 선명하게 '가련동'으로 적혀 있지 않은가. 내가 얼마나 가련한 실업자로 보였으면 그처럼 뜨겁게 알아맞혔을까 하고 감탄했다.

누군가 법조인이란 직업은 '면기난부免飢難富'라고 말한 적이
있다. 그러나 친구의 부인이 찾아와 (차마 입이 떨어지지 않는 말로)
보험을 들어 달라고 간청했을 때, 그리고 실망을 애써 감추며
돌아가는 그를 전송하면서 나는 절감했다.

'면기免飢'에 자족하는 것이야말로 얼마나 이기적인 정신놀음
이며 얼마나 남에게 잔인할 수밖에 없는가를….

버릴 수 없는 자리

　절세의 악명을 한몸에 모았던 히틀러는 젊은 시절에 무엇이
되고 싶었을까. 군인이 되고 싶었거나 정치인이 되려고 하진 않
았다. 수백만의 유대인과 반대자를 학살하는 살인자가 되려고
는 더욱 생각지 않았을 것이다.

　사실 그는 화가 지망생이었다. 그런데 불행히도 미술학교 시
험에 낙방했다. 고달픈 생활에 시달리다 못해 길거리에서 그림
을 그려 주고 몇 푼의 돈을 받곤 했다. 만일 그의 첫 소원이 이
루어져 화가로서 대성했던들 독일의 역사, 아니 세계의 역사는
그토록 처참한 비극을 겪지 않았을지도 모른다. 이처럼 한 사람
의 첫 소망이 좌절되는 것은 그 자신의 일생에는 물론이요, 때
로는 한 사회, 한 시대에 엄청난 파장을 일으킨다.

　우리 인간에게는 계기라는 갈림길이 있다. 요새 즐겨 쓰이
는 말로 '모멘트'라 해도 좋다. 우리가 그것과 직면했을 때는 하
찮은 일로밖에 생각되지 않던 것이 훗날의 운명을 좌우하는 엄
청난 결과를 가져오기도 한다. 인생에는 필연이 강조되지만

따지고 보면 우연도 적잖이 작용한다. 바로 그 우연에서 소망이 이루어지기도 하고 무너지기도 하며 또한 수정되기도 한다.

'우연'이란 말이 너무 운명적이라면 의외성이라고 고쳐 부를 수도 있다. 당자는 '우연'이나 '의외'로 생각하는 일이 객관적으로 보면 필연일 경우도 많다. 나의 경험은 의외성보다는 필연이 지배했고, 내가 걸어온 숨가쁜 인생의 전반이 다 그럴 만해서 그렇게 된 것으로 알고 살아간다.

중학교 진학도 포기하고 산골의 농부가 되려고 생각했던 나의 현실주의는 부모님과 숙부님의 눈물겨운 권고 앞에 무너졌다. 고등학교 졸업 무렵 서울대학 원서를 써가지고 막 교무실 문턱을 넘어서는 순간, 시골에 외롭게 남아서 고생하실 노년의 부모님 생각을 다시 하지 않았더라면 나의 판단이나 전공이 또한 달라졌을지도 모른다.

그러나 이제 개인의 신변적인 소망을 말하는 것은 부질없는 회고담에 지나지 않는다. 하지만 과거를 되새기는 이유가 보다 건실한 내일을 위한 것이라면 그래도 한마디 덧붙일 수밖에 없다. 그동안 변호사 활동을 하면서 내 변호를 받은 사람들 가운데 억울한 옥살이를 당한 사람이 많았다. 한때 나는 '전前 변호사'였다가 몇 해 뒤에 다시 법정 활동을 할 수 있는 '후後 변호사'이기도 했다. 정말 마음껏 남의 권리를 옹호하고 억울함을 풀어 주는 심부름꾼이 되었으면─이것이 내 소원이었다.

역사의 눈으로 본다면, 억울한 옥살이를 막지 못한 일이나 변호의 자리를 잃었던 것이 우연의 결과일 수만은 없다. 의외성이 없지는 않으나 본질적으로는 필연의 거울이다.

내 첫 소망의 좌절이 나 개인이나 이 사회에 어떤 영향을 주었는지는 좀 더 세월이 흐른 뒤에 가늠되겠지만, 적어도 뉘우침은 남기지 말아야겠다고 다짐하면서 또 한 해를 맞는다.

그와 나의 애창곡

박정희와 한승헌, 두 사람 사이의 공통점은 무엇일까? 그것은 '아, 으악새 슬피 우니'로 시작되는 고복수의 〈짝사랑〉이 애창곡이라는 사실이다. 이미자의 〈동백아가씨〉도 거기에 포함된다.

모임의 이름을 '으악새'라고 할 만큼(그것은 나의 작명이었다) 우리(으악새 멤버)는 그 노래를 좋아했고, 특히 나는 그 곡을 부동의 18번으로 삼고 있다.

몇 해 전 여름철 휴가에 가족들과 어디를 갔다가 거기 노래방엘 들렀다. 나는 주저 없이 '으악새'를 불렀다. 노래가 끝나면 모니터에 점수가 나오는데, 그 화면에서는 점수 아닌 문구가 떴다. 가령 '장래 가수가 될 소질이 있습니다'든가, '아주 잘 불렀습니다. 계속 분발하십시오' 따위였다. 그런데 내 노래가 끝나자 화면엔 이런 자막이 나타났다.

'혹시 가수가 아니십니까?'

이건 대단한 칭찬이었다. 이 노래방 반주기의 '경로사상'에 장내가 폭발적인 웃음으로 넘쳐났던 기억이 난다.

그런데 이 '으악새(〈짝사랑〉)'가 다른 사람도 아닌 박정희 대통령의 애창곡이었다니, 기분이 좀 묘했다. 박 대통령은 1975년 1월 그의 장모님 팔순 잔칫날, 그 노래의 1절을 무반주로 불렀다며 그 장면과 표정이 담긴 동영상이 각종 포털 사이트에 올라와 있었다. 나도 그 동영상을 봤는데, 화면이 선명하지는 않지만 멋쩍은 웃음으로 고음을 비껴가는 등 수수하고 꾸밈이 없어서 인간 (또는 사위) 박정희의 면모를 엿볼 수 있었다. 한 기사에는 "육 여사가 저격당하고 5개월 뒤에 열린 이 여사(장모)의 생일잔치에서 딸을 잃은 장모를 위로하려고 애쓰는 박 대통령의 인간적인 모습이 엿보인다"고 쓰여 있었다.

1975년 1월이라, 그땐 전해의 대통령긴급조치 발동으로 유신헌법 반대 운동을 징역 15년으로 다스리는 등 탄압에 광분하던 시기였다. 더구나 나로 말하면, 이래저래 정권에 밉보여 '남산(중앙정보부)'에 붙들려 다니며 난데없는 반공법 위반으로 조사를 받던 바로 그 시점이었다.

그런데 압제자인 그와 압제당하는 내가 똑같이 '으악새'를 즐겨 불렀으니, 이 무슨 우연하고도 기이한 일인가? 뿐만이 아니다. 가수 이미자 씨의 회고담에 따르면, 박정희 씨는 〈동백아가씨〉를 좋아했다는 것이다. 바로 내가 좋아하는 그 노래를 또 그가 좋아했다니. 정부에서는 금지곡이라고 해서 방송에서도 듣지 못하게 묶어 놓았는데, 박 대통령 자신은 이미자 씨에게 그 노래를 부르도록 했다는 것이다.

   내가 서울지검 검사로 있을 때 관내 여주지청에서 '유고'가
생겼다. 무슨 복잡한 사정이 있었는지, 검찰 지청장이 부인의
'야반도주'에 동행(?)하는 바람에 하루아침에 지청장 행불사고가
났는데(단독지청이라서 검사는 지청장 한 사람밖에 없었다.) 하필 나에게
가서 수습하고 오라는 명이 떨어져 현지에 가서 한 달 동안 하
숙 생활을 한 적이 있다. 그때 심심하면 다방에 가곤 했는데, 이
미자의 〈동백아가씨〉 열풍이 전국을 휩쓸 때였다. 덕분에 귀에
못이 박히도록 '헤일 수 없이 수많은 밤을'로 시작해서 '꽃잎은
빨갛게 멍이 들었소'로 끝나는 그 노래를 일부러 배우지 않고도
부를 수 있었던 것이다.
   박정희 그에게도 '으악새 슬피 우는 가을'과 '빨갛게 멍이 드는
꽃잎'을 노래할 만큼의 정서는 있었단 말인가.
   어쩌다 그는 '유신 찬가'의 톱싱어가 되고, 나는 '민주 찬가'의
백싱어가 되었을까.

하루 형님

　남자들 세계에서는 서로 '내가 형님'이라고 우기는 입씨름이 간혹 벌어진다. 동갑일 경우에는 달을 따지기도 한다.

　대법관을 역임한 박우동 변호사와 나는 같은 해에 태어났다. 대학 졸업 연도도 같고 고시 합격 동기생이고 보면, 동갑은 추정이 되고도 남는다. 그래서 우리 두 사람은 지연이나 학연은 없지만 언제부터인가 서로 말을 놓고 지내는 사이가 되었다.

　그런 두 사람이 우연히도 생일 따지기를 한 적이 있다. 태어난 해는 물어볼 것도 없으니까 생략하고 바로 달을 말하게 되었다. 서로 몇 월이냐고 상대방에게 묻게 되었는데, 결국 둘 다 9월이라는 것이 확인되었다. 달까지 같다면 이젠 날日이 형님 아우를 가리는 최종 근거가 될 수밖에 없다.

　여기서 "서로 먼저 말해 보라"는 말이 되풀이해 오갔다. 나는 (9월) 29일이라서 절대 불리(?)했기에 먼저 답을 떼기가 주저스러웠다. 그런데 박 변호사도 막무가내여서 결국은 마음 약한 내가 먼저 입을 열었다. '형님 되기'를 거의 포기하는 심정으로 "29일!"이라고 털어놨다. 다음은 박 변호사 차례였다. 그는 마지못한 듯이 입을 열었다. "30일."

두 사람 모두 파안대소했다. 이렇게 해서 그날부터 나는 당당한 '하루 형님'이 되었다. 9월의 하룻볕이 오뉴월 하룻볕만 못하란 법이 있는가?

이 아무개 목사님은 내가 존경하는 성직자이자 감옥 동기생이기도 하다. 험한 세상에서 민주화운동을 함께했다. 그러다가 전두환 정치군부가 조작한 '김대중내란음모사건' 때 계엄사 합동수사본부에 같은 날 끌려가서 고문과 조사를 받고 서울구치소와 육군교도소에서 징역을 함께 살았다.

서울구치소에 갇혀 있을 때 공소장이란 것이 날아왔다. '내란음모 일당' 24명의 '죄상'을 적은 그 황당한 문서는 두께와 무게가 여간 아니었다. 감방 안에서 심심 무료하기도 해서 그 문서를 뒤적뒤적하다가 나중엔 '피고인'들의 생년월일까지 하나하나 엿보게 되었다. 나는 1934년 9월 29일인데 내 바로 다음에 나오는 이 목사님의 생년월일은 같은 해 10월 7일이었다. 옳거니, 내가 일주일쯤 먼저 나온 '형님'이 분명했다.

아무리 감옥의 독방살이라 해도 서로 이야기할 기회는 있었다. 하다못해 재판 받으러 왔다 갔다 하는 시간도 있었다. 나는 목사님에게 공소장을 들이대며 내가 '형님'이라고 했다. 그러자 이 목사님은 "아버님이 출생신고를 늦게 하셔서 호적에 그렇게 된 것이지, 실제는 내 생일이 먼접니다"라고 했다. 나는 즉각 반박했다.

"괜히 조상님께 과태료 물리지 마십시오."

이어서 우리 두 사람 사이에는 이런 공방이 오갔다.

"일제 때는 출생신고를 늦게 하는 예가 허다해서 실제 생일이 호적보다 빠른 사람이 많았어요."

"그렇게 사실과 다르다면 재판 때 왜 그대로 시인했습니까? 군법회의 그 살벌한 법정에서도 (공소장에 적힌 사실 중) 아닌 것은 끝까지 아니라고 부인하시지 않았습니까? 그런데 생년월일을 물었을 때 '예' 하고 시인하지 않았어요?"

우리가 석방되어 나온 뒤에도 그 생일의 진실 게임은 되풀이 되었는데, 목사님은 여전히 '늑장 신고'를 이유로 앞서의 공소장과 판결문의 기재가 사실과 다른 것이라고 했다. 나는 또 하나의 잽을 날렸다.

"그렇다면 왜 재심청구를 안 하셨어요?"

1970년대에 들어와서 장을병 교수(성균관대 총장 역임)와 나는 각종 세미나 등 행사는 물론 방송 같은 매스컴에도 함께 나가는 기회가 많았다. 그러던 어느 때부터 장 교수는 나더러 선배 또는 형님이라고 불렀다. 나보다 젊은 분이 교수직 외에도 활약이 참 많구나 하고 놀랍게 보였다.

그런데 그 후 독재정권으로부터 탄압받고 직장에서 추방당한 사람들끼리 '으악새'라는 모임을 만들게 되었다. 형제 같은 정을 나누는 가운데 서열을 정할 필요가 있어 서로 주민등록증을 대조하다 보니 장 교수가 나보다 일 년 먼저임이 밝혀졌다. 그날로 형제 관계가 역전되어 내가 아우 노릇을 하는 처지로 강등된 일화도 있다.

강 아무개 변호사는 나하고 고등고시 동기인 데다 군법무관 후보생 훈련 때도 한 내무반에서 같이 지낸 '겹 동기생'이다. 우리는 군에서 제대한 뒤에도 서울지검에서 같이 근무한 터여서 매우 절친한 사이가 되었다. 그분은 성품이 매우 소탈하고 다감한 면이 있어서 어느새 우리는 서로 '너, 나' 하는 처지가 되었다. 학연과 지연이 없는 사이에서는 아주 드문 일이었다. 그 뒤 변호사 생활을 하면서도 자주 만나고 격의 없는 담소를 나누었다.

그러던 어느 날 우연히 《법조인대관》인가 하는 두툼한 책을 펼쳐 보다가 거기 나와 있는 강 변호사의 생년월일을 보고 깜짝 놀랐다. 나보다도 여덟 살이나 위가 아닌가? 아무리 남자의 세계라 하지만 여덟 살이나 위인 그에게 너 나 하고 지내 온 것은 이만저만한 결례가 아니었다. 그래서 어느 날 작심하고 변호사회 휴게실에서 만나 정중히 사과했다.

"대개 고시 동기이면 나이도 같거나 비슷한 것으로 알고 지내다 보니 여러 해 동안 내가 말을 놓고 지내며 큰 죄를 지었습니다. 용서해 주기 바랍니다. 앞으로는 강형으로 알고 공손히 모시겠습니다."

그랬더니 듣고 있던 그의 입에서 이런 말이 나와 나를 놀라게 하였다.

"야 이 자식아, 이제 와서 그런 말 하면 뭐 하나? 그냥 전처럼 편하게 지내자."

과연 그는 대인이었다. 나는 할 말을 잃었다.

이 세상 태어남의 먼저와 나중이 뭐 그리 중요하다고 농담일망정 그처럼 화두에 올리고 즐거워했는지, 지금 와서 생각해도 우스운 노릇이었다.

음치 백서

얼마 전만 해도 술과 노래를 강권하던 풍조가 있었다. 두 가지를 다 못하는 나는 그때마다 고역을 치르곤 했다. 음악에 관한 한 나는 어려서부터 열등생이었다. 성적표의 왼편에 나오는 과목(사회생활, 역사, 국어, 영어 따위)의 점수는 제법 높은 편인데, 오른편으로 갈수록 점수가 처져서 말씀이 아니었다.

오른편에 나열된 과목이란 물론 예체능 과목이었고, 거기에다 공작, 교련까지 있었으니 골프로 치자면 9번홀까지의 아웃코스에서는 줄버디를 해놓고, 10번홀 이후의 인코스에서 내리 더블보기를 한 셈이었다. 그 우환 중에도 음악 점수가 100점으로 나온 적이 딱 한 번 있었다. 실기 아닌 필기시험 때문이었다.

이런저런 모임에서 억지춘향격으로 노래 순서에 떠밀리면,

"아시는 바와 같이 노래는 가사(또는 노랫말)와 악곡(또는 멜로디)으로 이루어지는데, 저는 그중 가사(또는 노랫말) 전공입니다. 따라서 지금부터 제 전공인 가사를 낭송하겠습니다."

이렇게 해서 음악 대신 국어로 때우곤 했다.

더러는 퇴로를 미리 마련하기도 한다.

"제 노래를 끝까지 듣고 계신 분은 대개 불면증 환자라는 의심을 받게 될 것입니다. 반면에 저는 이비인후과와 짜고(들으면 귀가 아프니까) 노래를 부르는 것이 아닌가 하는 의심을 받기도 합니다."

비록 음치일망정 국내외의 이름난 오페라, 뮤지컬, 오케스트라 연주를 감상할 수 있는 기회는 자주 있었다. 비싼 입장권은 대부분 초청이나 선물로 덕을 보는 편이어서 황공하기도 했는데, 그보다는 음악도 모르는 주제에 그 귀하고 비싼 자리를 차지했다는 송구스러움과 부끄러움이 나를 민망하게 한다. 그저 초청(또는 초대)해 주신 분에 대한 예의와 아울러 혹시 촌스런 허세가 내 안에 숨어 있었는지도 모른다는 생각도 해 본다. 음악에 대해서 박식하고 또 노래도 잘하는 사람이 부럽다.

뜻밖의 질문

"감사원장 할아버지는 월급 얼마 받으세요?"

어린이날 행사가 마무리되는 마지막 순서 때, 열 살도 채 안 돼 보이는 어린이가 내게 물었다. 그 당돌한 질문에 나는 한순간 당혹스러웠다.

1998년 5월 5일, 서울 삼청동 감사원 본관 뒤 넓은 잔디밭 광장에서는 즐거운 어린이날 잔치가 오후까지 이어지고 있었다. 그때 감사원장으로 일하던 나는 모처럼의 어린이날을 맞아 소년 소녀 가장, 장애 어린이, 감사원 인근에 사는 어린이들을 초청하여 풍성한 프로그램으로 흥겨운 하루를 보내게 되었다.

그날은 감사원 직원들이 봉사를 맡은 외에 임백천, 장미희 등 연예인들이 자원해서 진행을 맡아 시종 열띤 분위기를 이끌어 나갔다.

오후 5시쯤 행사가 끝날 무렵, 진행자가 어린이들을 모아 놓고 "감사원장 할아버지에게 물어볼 것이 있으면 물어보라"고 하자, 한 어린이가 1번 타자로 나서서 던진 질문이 앞서의 '월급 얼마?'였다.

전혀 뜻밖의 질문이었다. 저 어린 것이 내가 받는 월급 액수가 얼마냐고 묻다니, 아무리 돈이 소중한 세상이라고 해도 공개적으로 그런 질문을 하는 데는 참 어이가 없었다.

순간 내 머릿속에, 저 물음에 '내 월급은 얼마'라고 금액으로 대답해서는 안 된다는 생각이 들었다. 그래서 이렇게 말했다.

"많이 받지요. 국무총리와 장관 중간쯤 되는 액수거든요."

그 다음에는 한 여자 어린이가 손을 들고 물었다.

"감사원장 할아버지는 몇 평짜리 아파트에 살고 계셔요?"

이 또한 예상을 한참 벗어난 질문이었다.

"예, 나는 넓지도 않고 좁지도 않은 아파트에 살고 있어요. 호화 아파트는 물론 아닙니다."

세 번째 질문 또한 기발한 것이었다.

"청와대에 가서 대통령 할아버지도 만나보고 함께 사진도 찍게 해 주세요."

장내에서 박수가 나왔다.

"우리 모두 같이 가게 해 주세요."

대통령의 일정과 연관된 '희망사항'이었다. 그렇다고 '그건 안 된다'고 '기각'할 수는 없지 않은가? 그래서 이렇게 언질을 주고 말았다.

"예, 대통령님께 말씀드려서 여러분의 소원이 이루어지도록 하겠습니다."

또 박수가 터졌다. 나는 그 다음 주 청와대에 들어가 업무보고를 마치고 어린이들의 '희망사항'을 대통령에게 말씀드렸다. 어린이들에게 부도를 내서는 안 되겠다 싶었다.

대통령이 비서실 당무자를 불러 물어보니 마침 그 다음 주에 낙도 어린이들의 청와대 견학 일정이 잡혀 있어서, 그때 합류시키기로 허락이 났다. 이렇게 해서 어린이들의 청와대 방문이 예상보다 빨리 이루어졌고, 나는 약속을 잘 지킨 공직자가 되어 어린이들로부터 온 감사 편지를 흐뭇한 마음으로 읽어 보는 행복을 누렸다.

그러나 어린이들이 내게 물은 '월급 얼마?' '몇 평짜리 아파트?' 질문은 어린이다움을 벗어난 놀라운 사고의 편린이라는 생각을 지울 수가 없었다. 가정에서 부모나 식구들이 평소 얼마나 돈타령을 했으면 아이들까지 그렇게 '감염'이 되었을까 싶었다. 더구나 그 어린이날 행사에 온 소년 소녀 가장들이나 장애 어린이들의 열악한 환경을 생각한다면, 돈과 아파트에 대한 절박한 소원이 앞서와 같은 질문의 배경이 되었다고 해서 누가 탓할 수 있겠는가?

그렇게 이해를 하면서도 한편으로 요즘 어린 세대가 예전보다 훨씬 더 금전지상의 가치관에 물들어 버린 것 같아서 씁쓸하기만 하다. 보고 듣는 것이 주로 그럴 것이라고 보면 어른 세대의 언동 탓으로 돌리지 않을 수 없다.

어린이들에게 놀란 체험 한 가지를 더 떠올려 본다.

김용택 시인이 근무하고 있는 전북 임실의 덕치초등학교를 찾아갔을 때, 그분이 담임하고 있는 학급 어린이들을 만나고 싶어서 교실 문을 열고 들어갔다. 열 명 남짓한 어린이들이 우리 일행(네 사람)을 보더니 "왜 왔느냐?"고 묻는 게 좀 당돌했다.

"내가 김용택 선생님을 좋아하거든요. 그래서 이 교실에 와 보고 싶었어요."

제법 다정다감한 어조로 대답하는 나에게 돌아온 것은 다음과 같은 일격一擊이었다.

"어? 이상하다. 남자가 남자를 좋아하다니…."

그저 깜짝 놀랄 수밖에 없는 어린이들의 말에, 한낱 장난기나 재치로만 치부하기 어려운 놀라운 '일탈'이 드러나 있었다.

어찌 되었든 오늘의 어린이들을 철부지로만 보아서는 안 되겠다. 귀엽고 발랄하면서도 무서운 아이들이다. 어른 세대가 따라갈 수 없는 곳에 그들만의 세계가 있는 것이다. 이래서 '어린이는 어른의 아버지'란 시까지 나왔을까? 그들을 어찌할 것인가?

노 변호사와 원로 변호사

근년 들어 건강에 대한 질문을 자주 받는다. 질문이라기보다는 '문안'이라고 해야 옳을 것이다. 경로사상의 발로로도 보인다. 따라서 대답은 별로 중요하지가 않다. 그래도 마냥 싱겁게 넘어갈 수만은 없어서, 나는 상대에 따라 이렇게도 대답한다.

"아직 별 고장은 없는데, 배터리가 약해지는 것 같습니다."

그런데 어떤 이는 "배터리야 충전을 하면 되지 않습니까?"라고 수준급 덕담을 한다. 여기에 대한 나의 대답은 이렇다.

"하지만 그 충전기라는 것이 이 세상에는 없답니다. 하늘나라에만 있대요."

이래서 또 한 번 웃는다.

누가 "건강해 보이십니다"라고 하면 "예, 경로사상 감사합니다"라고 덕담 대 덕담으로 답한다. 혹은 "얼굴이 좋아지셨습니다"라는 거짓말(?) 인사도 받는다. 절친한 사람이 그런 말을 하면 감사 대신 반격을 한다.

"내 얼굴이 좋아진 게 아니라 자네 시력이 나빠진 것일세."

이처럼 나는 건강 이야기에선 언제나 겸손하다. 젊었을 때부터 체신이 허약했으니까 그럴 수밖에 없다. 그래도 현역으로 군복무를 마치고 혹독한 고문과 감옥살이도 겪었다. 또 대학에서 특강 아닌 정규 과목(지적재산권법) 강의를 했는데, 아마도 전국에서 학점이 나가는 과목을 맡고 있는 최고령자가 아니었는지 모르겠다.

조상 때부터 한가(韓哥)이면서 아직도 한가하지 않은 내 일과 속에서 이만큼이라도 건강을 지탱하는 것은 여간 감사한 일이 아니다.

그래서 '만수무강을 빈다'거나 '건강하시기를 빈다'는 말은 전혀 반갑지가 않다. 어린이나 젊은이를 보고 그런 말을 하는 사람을 없지 않은가? 인생의 석양길을 떠올리게 하는 결례의 인사라고나 할까?

나를 두고 언젠가 신문에서 '원로 변호사'라고 써 주는 것은 무방하다 싶었는데, 그와는 달리 그냥 '노 변호사'라고 쓴 기사를 보고는 섭섭한 마음이 들었다. '노 변호사'는 연령 개념으로 '늙은 변호사'라는 의미를 담고 있기 때문이다.

나이가 들어감에 따라 이런저런 자리에서 상석에 앉게 된다. 나는 성서에서 "상석에 앉지 말라"는 말씀만은 철저히 지키며 살아온 사람이라 한사코 사양하지만 떠밀리다시피 그렇게 되고 만다. "세상에 내 뜻대로 되는 일이 없구먼." 이런 개탄으로 어색함을 달래기도 한다.

대체로 실내에서는 전망 좋은 자리가 상석으로 되어 있다. 그러나 나는 이렇게 말한다.

"내 나이에 무슨 전망이 있다고 이런 자리인가?"

"전망 좋은 자리에 앉게 되면 맞은편의 여러분은 배경 좋은 자리를 차지하게 되니, 그쪽이 더 좋은 자리다. 우리나라에서는 배경이 좋아야 유리하니까 말이다."

어쩔 수 없는 나이

이젠 연상의 어른 상사喪事에만 조문을 가기로 해놓고도 그 원칙(?)이 가끔 흔들리곤 한다. 얼마 전 친구의 어머니가 돌아가셨다고 해서 조문을 갔다. 우리 또래의 부모 친상은 벌써 다 치렀다고 알고 있었는데 이제야 모친상이라니, 아마도 새어머니인 모양이라고 한마디씩 하며 빈소로 향했다.

헌화에 이어 묵념을 한 뒤 상제와 인사를 나누면서 "자당님께서는 수壽를 누리셨는가?"라고 의례적인 말로 물었다. 그랬더니 상주인 그 친구의 말, "어머니는 올해 백두 살이시네."

순간 새어머니 운운한 불경스런 추측을 자책했다. 그리고 최근의 평균 수명 연장을 새삼 실감했다.

나의 아버지는 내가 대학 졸업반이던 1957년에 53세를 일기로 고인이 되셨다. 지금 생각하면 얼마나 일찍 단명하게 가셨는가? 그런데 그때는 누구도 그런 말을 하지 않았다.

그 해답(?)이 얼마 전 TV를 보다가 우연히 풀렸다. 1957년도 우리나라 남자 평균 수명이 52세라는 것이었다. 깜짝 놀랐다.

아무리 노인이 되지 않으려고 기를 쓴대도 나이는 어쩔 수가 없다. 어떤 자리에서 나도 못 느끼는 사이에 긴 말을 하거나 같은 이야기를 되풀이하는 자신을 발견하고는 정신이 번쩍 드는 때가 있다. 노인 증세의 한 자락이 드러나서는 안 된다는 생각에 괜히 조심스러워진다.

외국에서의 이야기인데, 총리가 보좌관에게 말했다.

"내가 나이 탓인지 말이 장황해지고, 한 말을 또 하고 같은 말을 반복하는 때도 있는 것 같은데, 나한테 그것을 지적해 주는 사람이 없네. 자네는 내가 그런 실수와 결례를 하거든 기탄없이 충고해 주기 바라네."

그러자 보좌관이 말했다.

"잘 알겠습니다. 총리님께 지금까지 네 번이나 그 말씀을 저에게 하셨습니다."

그것이 웃고 넘어가도 되는 남의 이야기에 그치기를 바라면서, 나는 그냥 노 변호사가 되지 말고 원로 변호사가 되어야겠다고 다짐해 본다. 혹시 이 말도 몇 번 되풀이하는 소리가 아닌지 모르겠지만….

군번을 대라는 택시기사

올해 들어서부터 승용차 없는 생활에 들어갔다. 대중교통을 애용(?)하는 빈도가 늘어났다. 택시는 그래서 나와 친해진 교통수단이다. 간혹 내 얼굴을 알아보고 인사를 하는 기사가 있는가 하면, 이런저런 이야기를 걸어오는 기사도 있다. 차에서 내릴 때 내가 거스름돈을 받지 않으려고 하거니, 기사 쪽에서 아예 택시 요금을 안 받겠다거니 하는, 아름다운 옥신각신의 촌극도 벌어진다.

인천공항도 리무진 버스를 이용하면 왕래가 편리하다. 어느날 인천공항에 가서 전송을 해 드릴 분이 있어서 마을 근처의 리무진 버스 정류장에 나가 차를 기다리고 있었다. 한 청년이 역시같은 방향인 듯 서성거리고 있었다. 그때 택시가 한 대 나타나더니 기사가 인천공항까지 만 원에 가자고 한다. 정확히 말하면 한사람 앞에 만 원씩 해서 2만 원에 가겠다는 제안이었다.

톨게이트 통행료 내고 나면 몇 푼 남는다고 그러느냐며 내가 '반대'를 하자, 그 택시기사는 "그건 내가 할 걱정이니까 염려 마시고 어서 타시기나 하세요" 한다.

들고 보니 그의 말이 옳았다. 그건 내가 할 걱정이 아니었다. 옆의 청년과 나는 만 원씩 내고 인천공항까지 쾌적하게 달려갔다. 그 택시기사는 공항에서 시내로 들어오는 승객을 태우면 수지가 맞는다고 했다. 그런 경제학을 내가 알지 못하고 괜한 걱정까지 대신 해 준 셈이었다.

또 이런 일도 있었다. 나는 택시를 탈 때 "안녕하세요?" 하고 기사에게 인사를 하는 습성이 있는데, 대개는 의외라는 듯 반가운 반응을 보인다. 그런데 들은 척 만 척하는 기사를 만났다. 피곤하거나 성격 탓이겠지 하고 행선지만 일러주고 앉아 있는데, 조금 가다가 기사가 말을 걸어왔다. 묻지도 않는 자기 가정 이야기를 늘어놓기 시작했다. 나에게는 듣지 않을 자유가 없었다.

자기는 전남 신안군 무슨 면 무슨 리 몇 번지에서 태어났는데, 아버지가 바람이 나서 딴 여자와 목포시 무슨 동 몇 번지에서 살림을 차리고 살았다는 이야기(그처럼 자기 어머니를 버린 아버지를 용서할 수 없다고 흥분을 했다), 자기는 고생하면서 자란 뒤 모년 모월 모일 서울로 올라와 무슨 구 무슨 동 몇 번지에서 셋방살이를 하면서 여러 직장을 전전하다가 택시를 몰게 되었으며, 작년에 무슨 구 무슨 동 몇 번지에 있는 작은 집을 사서 지금은 좀 나아졌다는 것.

장황한 '반생기'를 다 듣고도 목적지까지는 한참이나 남아 있었다. 또 무슨 몇 번지 이야기가 나올 것 같아서 그걸 차단할 겸

이번에는 내가 질문을 했다.

실례지만 올해 나이가 어떻게 되십니까? 일흔 몇 살입니다. 그럼 1934년생이세요? 예, 그럼 저하고 동갑이네요. (그렇게 말하는 순간 저쪽에서 공이 날아왔다.) 그럼 군대 갔다 왔습니까? 물론이지요. 그때 군대 안 간 사람 어디 있어요? (그러자 천만 뜻밖의 질문이 튀어나왔다.) 그럼 군번이 어떻게 됩니까? (허 참, 이건 불심검문이구나.) 나는 군번을 댔다. (그래도 그의 추궁(?)은 멈출 줄 몰랐다.) 군번 자릿수가 하나 모자라는데요. 특과 장교라서 군번 자릿수가 짧지요. (질문은 또 계속되었다. 지독하다.) 특과라고요? 병과가 무엇이었는데요?

그 순간 택시가 목적지에 닿았다. 나는 겨우 벗어나기는 했지만, 번지수나 군번을 따지는 것을 보면 아무래도 그 택시기사는 전생에 우체부 아니면 복덕방, 또는 헌병이 아니었나 싶었다. 서울의 교통 체증 덕에 체험한 차중 해프닝이었다.

명예 박사

널리 알려진 일도 아니고 기억하는 사람도 많지 않지만, 나에게도 명예 박사 학위가 있다. 1995년 모교인 전북대학교에서 명예 법학박사 학위를 받았다. 학위란 이름 그대로 배움=연구의 (높은) 위상=수준이라면, 연구 업적(학위논문) 없는 명예 학위는 '학學'의 '위位'가 없다는 의미에서 가짜 학위가 된다. 그래서 쑥스럽기는 하면서도 한편으로 영광스럽고 감사한 마음으로 나는 학위 수여식에 나갔다.

하늘 아래 '철의 여인'으로 유명한 영국의 마거릿 대처 수상도 모교인 옥스퍼드대학에서 명예 학위 수여를 거부당했다. '거부' 당했다는 말은 마치 본인이 요구라도 한 것처럼 들려 오해의 여지가 있는데, 정확히 말하면 3백여 명의 학자와 각계 인사들의 건의가 옥스퍼드대학 대학평의회에서 찬성 319표, 반대 738표로 부결되었던 것이다. 대학의 교육·연구비를 삭감하고 영국의 교육에 많은 폐단을 일으킨 보수당 정부의 수장에겐 아무리 모교라 한들 학위를 줄 수 없다—는 반대론이 먹힌 탓이었다.

영국의 초대 여자 총리가 된 것만으로도 명예 학위를 줄 가치가 충분하다는 찬성론이 밀려났으니, 의외의 일이었다.

영국에서 사상 초유의 여자 총리가 되고서도 타지 못한 모교의 명예 박사 학위를 한국에서 내가 받았으니, 나 개인으로는 경사임에 틀림이 없었다.

사실 나는 석사 학위도 없다. 대학을 나오자 바로 군 법무관으로 소집되어 전·후방 3년 반을 복무했다. 예편한 뒤에도 검사 생활 5년 동안 지방과 서울에서 격무에 쫓기다 보니 석사 과정에 들어갈 기회를 놓쳤다. 그래도 좀 더 열성과 요령을 발휘하여 공부했더라면 하는 아쉬움은 물론 지울 수가 없다.

자칫 학사도 제때에 못 될 뻔하였다. 고등고시 사법과 필기시험을 치르고 나서 대학 4학년 1학기 기말시험을 쳤는데, 27학점 전부를 몰수당하는 불상사를 겪었다. '출석 일수 미달'이라는 이유가 붙었는데, 고시 공부 마지막 정리단계라서 부득이했던 사정을 참작해 주지 않고서, 유독 나에게만 준엄한 잣대를 들이밀었다.(교무과에서 그렇게까지 나온 진짜 이유는 따로 있었다.)

당시는 지금과 달리 180학점을 따야 졸업을 할 때여서(앞서와 같이 27학점 몰수를 당했어도), 매학년 전 과목의 학점을 따놓았기 때문에 4학년 마지막 한 학기 27학점만 따면 제때 졸업이 가능했다. 여기서는 졸업논문 7학점이 나와야 180학점 턱걸이가 되는데, 웬 영문인지 졸업논문 학점이 안 나왔다. 그때는 아버님이 입원 중이어서 친구의 도움을 받아 겨우 마무리해서 낸 논문인데, 담당 교수의 말은 논문이 제출되지 않았다는 것이었다. 틀림없이 냈는데요—라며 '이의'를 제기했더니 며칠 후에 학점이 나왔다. 내 논문이 교수님 댁 재봉틀 밑에 떨어져 있더라는 것. 이래저래 아슬아슬하게 학사가 되었다.

그러니 박사 학위는 석사를 건너뛴 2계급 특진(!)이 된 셈이었다. 나는 학위 축하 모임에서 인사말을 했다.

"그냥 박사도 명예스러운데, 명예 박사는 훨씬 더 명예스럽다고 생각합니다."

그래놓고도 만찬 때는, "실은 가짜 박사라 쑥스럽다"고 했더니 동석한 교수 한 분이 말했다.

"진짜 박사보다 희소가치가 있으니 명예 박사는 진짜보다 귀한 박삽니다."

명예 권사

나는 교회에 나가고 있지만, 그렇다고 누가 "크리스천이냐?" 하고 물으면 금방 "예"라는 대답이 나오지는 않는다. 정말 내가 크리스천인가—라는 자문自問 앞에 자신 있는 대답을 할 수가 없다. 혹시 누가 "교회에 나가느냐?" 하고 묻는다면 "예"라는 대답을 망설이지는 않는다. '교회'라는 공간에는 왕래를 하니까.

나의 신앙 이력(?)은 좀 특이하다.

기독교인들을 법정에서 변호하다가 그들에게서 '오염'되어 기독교 신앙으로 끌려갔기 때문이다. 실은 대학시절 한 선배의 권유로 교회에 나간 적이 있는데, 목사와 장로들이 얽히고설키어 갈등과 싸움의 실연實演을 보여 주는 바람에 발을 끊었다. 교회의 지도층이라 할 목사와 장로들의 언동이 그러하다면, 그들이 이끌고 있는 교회에 나갈 이유가 없다고 생각되었다.

나에게 전도했던 그 선배는 "교회는 사람 보고 나가는 곳이 아니라 하느님을 보고 나가는 곳이다"라고 내게 훈계를 했다.

그때 나는 이렇게 반론을 했다.

"선배님, 어느 학교가 훌륭하다고 하려면 그 학교의 교훈이나 교가가 좋아야 합니까, 그 학교의 선생님과 졸업생, 재학생이 훌륭해야 합니까?"

그 후 나는 법조인이 되었고, 1965년 가을부터는 변호사로 활동하게 되었다. 세상은 박정희 정권의 군사독재로 살벌해졌고, 이에 대한 항거와 탄압이 악순환을 거듭하는 가운데 이 나라에는 '존경받는 피고인'이 늘어 갔다.

박 정권은 독재에 반대하고 민주화를 외치는 사람들을 용공으로 몰아 잡아가기 일쑤였고, 심지어 국회도 해산시켜 버리는가 하면, 유신헌법의 개정만 주장해도 최고 15년 징역에 처한다는 대통령긴급조치라는 것을 발동하기도 했다.

이런 겁나는 상황 속에서도 박 정권 반대 운동은 끊이지 않았고, 거기에 앞장선 단체와 개인 중에는 기독교인들이 단연 많았다. 그들은 거개의 사람들이 두려움에 질려 있는데도 온갖 위해를 무릅쓰고 담대하게 항거했던 것이다.

나는 기독교인도 아니면서 당시 그런 탄압사건을 변호할 사람이 드물었던 탓으로 그들의 변호인이 되었고, 구치소와 법정에서 그들을 자주 만나는 가운데 그들의 신앙과 정의감 그리고 용기에 감동되어, 저만한 일을 하게 된 결단이 기독교 신앙에서 온 것이라면 나도 한번 믿어 볼 만하다 싶어 교회에 나가게 되었다. 그러니 나는 피고인들에게 '감염'된 기독교인이었다.

그러나 몇 해가 되도록 세례는 받지 않았다. 세례 교인이 될 자신이 없었기에 적당히 회피했었다는 말이 정확하리라. 그러다 몇 해 만이던가, 정식으로 세례 교인이 되었고, 얼마 안 있어 '집사'가 되었다. 그리고 또 몇 해 지나서 나이가 60대로 접어들자 '명예 권사'가 되었다.

앞서 명예 박사의 논리대로 하면 나는 가짜 권사임이 틀림없지만, 교회의 전통에 비추어 내 맘대로 사양하거나 사임할 수도 없는 호칭이었다.

그리 된 마당에 나는 오히려 한술 더 떠서 당당하게(?) 인사말을 했다.

"그냥 권사도 영광스러운데, 명예 권사는 얼마나 더 영광스럽습니까."

명예 동문

나는 젊은 시절부터 이 대학 저 대학에서 강의를 했다. 물론 나의 본업(변호사)이 있으니 전임은 아니고 시간강사 신분이었다. 헌법(숙대), 민법(전북대)을 강의한 적도 있지만, 나의 주종목은 저작권법(중앙대, 서강대, 연세대)이었다.

그중에서도 중앙대(신문방송대학원)에서는 10년 넘게 저작권법 강의를 했다. 우리나라에서 저작권법을 독립된 과목으로 처음 채택한 데가 바로 중앙대 신방대학원(출판잡지 전공과정)이었다.

대학 때 나는 법학과 학생도 아니었지만, 저작권법이라는 과목은 법학과에서도 구경을 할 수가 없었다. 변호사로 일하면서 가끔 저작권 관련 질문이나 상담을 받게 되면 거기에 대답을 하느라 생소한 저작권법을 들여다보곤 했었다.

나는 지방대 출신치고는 문단, 학계, 언론계에 아는 분이 제법 많다 보니, 말하자면 저작자와 저작물 이용자를 많이 알게 된 셈이었고, 그와 연관 있는 법률 질의를 많이 받았던 것이다.

나는 산발적으로 저작권법 공부를 해 오다 1975년과 1980년 두 번에 걸쳐 감옥살이를 하는 동안 집중적인 공부로 발전(?)하게 되었다. 저작권에 대한 관심이나 전공자가 별로 없던 때라 하찮은 독학 실력을 가지고 글도 쓰고 방송에도 나가고 강연도 하게 되었다.

아마 그런 연고로 중앙대에서 저작권 강의도 맡게 되었던 것 같다. 어설프게 시작한 강의가 힘이 들었던 것은, 분명히 대학원 과정이지만 저작권법의 기초가 전혀 없는 학생들을 상대로 해야 했기 때문이다. 생각 끝에 처음 단계에선 주입식 교육을 하는 수밖에 없었고, 학기 후반에 들어가서 대학원 수업의 모양새를 갖추어 보곤 했다. 초보자와 전공자, 연구자와 실무자를 아울러 고려한 저작권법 책도 썼다.

나는 반공법 필화사건의 유죄 판결을 받고 변호사 자격이 박탈되어 무직자가 된 후 8년 동안 출판업에 종사한 적이 있는데, 그때의 현장 경험이 저작권법의 연구나 강의, 강연에 적지 않은 도움이 되었다. 결국 두 번의 옥고가 나의 저작권 공부에는 그야말로 전화위복이었다.

그리고 흑석동 언덕바지를 열심히 오르내리면서 10년 세월을 저작권 강의로 메웠다. 한낮의 학생 시위로 최루탄 냄새가 자욱한 강의실에서, 그래도 휴강은 안 된다는 생각으로 수업을 강행하던 기억도 난다.

심지어 정부에 들어가 공직(감사원장)에 있으면서도 강의는 계속했다. 학생들이 매우 진지하고 열심히 강의를 들어 보람과 정을 아울러 느낄 수 있었다.

강의가 끝난 후의 '제3교시'(술집행)에도 가끔 동행했다. 동문회 모임에도 불려 나가서 즐거운 시간도 함께했다. 스승의날엔 꽃다발과 선물도 받고, 요즘 세상답지 않게 스승 대접을 받으며 감격한 적도 한두 번이 아니다. 어느 해엔가 나는 명예 동문증을 받았다. 그리고 이때에도 감사의 인사말을 했다.

"그냥 동문도 명예스러운데, 명예 동문으로 대접해 준다니 얼마나 명예스러운지 모르겠습니다."

나는 참 '명예' 복이 많은 사람이다.

한승헌 변호사의

유머

제3부

도무지 뭐가 뭔지

청와대 이야기

내가 청와대 건물(본관) 안으로 처음 들어가 보기는 1990년 노태우 정권 때다. 그 시절에 내가 청와대에 가서 점심(그들은 '오찬'이라고 했다)까지 얻어 먹었다면 좀 의문을 가질 분이 계실지도 모른다. 소위 신군부라는 사람들은 1980년에 '김대중내란음모사건'이란 것을 조작하여 나 같은 평화애호인물(!)을 조연급으로 구속하여 징역까지 살린 터였으니까 말이다.

그런데 사연은 이러하다. 6월 항쟁(1987년) 후 악명 높은 언론기본법이 폐지되고 방송법이 생겼는데, 거기엔 국회 야당 추천 몫의 방송위원 TO(?)가 있어서, 나는 당시 평민당 추천으로 방송위원이 되었던 것이고, 방송위원들을 청와대에 초청하는 바람에 나도 한축 끼었던 것이다.

점심은 맨 처음에 훈제연어가 나왔다. 그때 나의 청와대 식사는 전무이자 후무일 것으로 알고 이 역사적인 '식사'의 메뉴를 외워 가기로 했다. 그래서 훈제연어를 암기하는 비법으로 '계훈제' 선생 이름을 떠올리기로 했다.

그 후 계 선생께서 모르는 가운데 내가 저지른 실례(?)를 갚아 드릴 기회가 왔다. 선생이 서울대병원에 입원해 계실 때 병원 측에 계 선생의 애국 일생과 어려운 생활을 설명하여 입원비를 대폭 낮춰 드린 적이 있다.

1997년 12월 대통령선거로 김대중 대통령이 청와대 주인이 되었다. 김 대통령은 집권 초기에 언젠가 민주화운동을 함께한 지난날의 재야인사들을 부부 동반으로 청와대에 초청하였다. 같은 날 끌려가서 함께 군법회의 재판을 받은 사형수가 대통령이 되어 청와대 만찬에 우리를 초청하였으니 반갑지 않을 수가 없었다. 약 30명쯤 되는 초청객들과 식사를 마친 뒤 대통령의 말씀이 있었고, 이어서 자유롭게 환담하는 시간을 가졌다.

이런저런 이야기 끝에 한 참석 인사가 말했다.

"청와대는 감옥과 같은 곳이지요."

물론 그런 말의 뜻은 알 만했지만, 나는 이의를 제기했다.

"나는 그렇지 않다고 봅니다. 감옥은 들어갈 때 기분 나쁘고 나올 때 기분 좋은 곳인데, 청와대는 들어갈 때 기분 좋고 나올 때 기분이 안 좋으니 정반대 아닙니까?"

자칫 실례가 될 수 있는 말이었지만 즉석 대비법으로는 괜찮았는지, 모두 폭소를 터뜨렸다. 대통령 내외분도….

괄호 안의 말

새마을운동이 한창이던 시절에는 충효사상과 경로사상을 고취하는 나팔소리도 심심찮게 울려 퍼졌다. 그 무렵 우리 동네에도 경로당이 하나 생겼다. 말벗이 없어 무료하기만 하던 노인네들이 적잖이 모여들어 자못 성황을 이루곤 하였다.

그런데 그 경로당 간판 옆에 조그마한 팻말이 새로 나붙게 되었는데, 거기에는 이렇게 쓰여 있었다.

'연소자 출입 금지(단 60세 이하)'

60세 넘은 사람만 들어올 수 있다는 뜻인데, 그러다 보니 60세 이하는 연소자가 되어 버렸다.

그러나 60세 이하와 연소자 사이의 그런 등식이 아무 데서나 성립될 수는 없다. 그리고 그 경고 팻말에서 또 하나 중요한 것은 괄호 안의 말이 괄호 밖을 지배하고 있다는 사실이다.

가령 '정치범 전원 석방(단 시국사범 제외)'이나 '고문 절대 금지(단 공안사범이 아닌 경우)' 또는 '과소비 풍조 일소(잘사는 사람 제외)' 따위를 연상해 보면 이해하기가 쉽다.

말은 사람의 입장이나 이해관계에 따라서 느낌이 달라질 수 있다. 70~80대 노인의 입장에서는 60세도 연소자로 보이겠지만, 20대 쪽에서 보면 60세는 까마득한 연장자가 될 수밖에 없다.

다 같은 민주주의와 사회 정의를 두고 말하는 데도 지배계층, 기득권자, 수구세력 등이 내세우는 척도와 일반 국민이 생각하는 저울 사이에는 너무나 큰 차이가 있다. 시국 현안을 둘러싼 성명전聲明戰에서나 토론 모임에서 드러나는 엄청난 견해차는 마치 처음부터 별종으로 태어난 사람들 사이의 유전 현상같이 보인다.

하나의 문제를 놓고 그처럼 상반되는 견해를 보인다고 해서 그 자체를 부정적으로만 볼 일은 아니다. 그렇지만 그런 두 갈래가 영원한 평행선으로 줄달음치기만 한다면 문제는 심각해진다. 현실에 대한 판독判讀이 어쩌면 그렇게 서로 정반대일 수가 있는가.

금서禁書와 코미디

좌경으로 몰려 묶여 들어간 젊은이에게 《자본론》이라는 책이
차입되었다. 영치 도서 심사를 맡은 담당자는 회심의 미소를 지
으며 한마디 했다.

"이 친구 이제 정신 차리고 자본주의를 공부할 모양이구먼."

마르크스에 얽힌 이런 이야기도 있다.

문제 학생의 하숙방을 뒤지던 형사가 책 한 권을 뽑아들었다.
막스 베버의 사회학 책이었다.

"이거 마르크스의 공산주의 서적 아냐?"

"아닙니다. 이건 막스 베버의 책입니다. 칼 마르크스와는 전
혀 다른 사람이라구요."

"뭐? 내가 마르크스를 모를 줄 알고! 사람 무시하지 말라구."

그 책은 압수 목록에 버젓이 올라가 검찰에 송치되었다가 검
사 손에서 겨우 환부 결정이 났다.

일제 때 일본에 유학하던 한국인 학생들은 시모노세키下關와 부
산을 왕래하는 소위 관부關釜 연락선을 타고 다녔다. 배를 타고

내릴 때는 으레 일본 경찰의 감시와 검색이 따랐다. 학생들은 짐 속에 있는 불온(?)서적을 들키지 않기 위해 맨 위에 독일어 책을 올려놓았다고 한다. 당시의 일본은 나치 독일과 한패를 이루고 있을 때였는지라 독일어 책만 보고도 무사통과를 시켰던 것이다.

해방된 조국 땅에서도 책은 여전히 '위험물'이었다. 남쪽으로 가는 젊은이의 가방 속을 뒤지던 북쪽의 경비병이 영화英和사전을 끄집어냈다. 음식점에서 '화식'은 일식을 의미하듯이 영화사전은 영일사전이었다.

"이거 미국말 배우는 사전 아니오?"

"이건 영국말 사전이오. 여기 영英자가 있지 않습니까?"

"아, 그렇구먼. 가시오."

어떤 책을 갖고 있는 것만으로 죄가 되거나 처벌을 받는다면, 그 사회는 '자유'나 '민주'라는 관형사를 붙여 부를 수 없다.

금서禁書가 있는 나라에서는 살벌함 못지않게 코미디도 무성하다. '불온서적' 또는 '이적 표현물' 등 별의별 딱지를 붙여서 빼앗아 가고 잡아 가둔 처사는 무슨 결과를 가져왔는가.

자유민주주의를 지키기 위해서는 자유민주주의를 부정하는 책을 용납할 수 없다고도 한다. 하지만 이런 말에 설득력을 부여할 사람은 별로 많지 않을 것이다. 권력은 너무도 자주 그리고 엉뚱하게 그런 말을 써먹어 왔기 때문이다.

Fine for swimming

"Fine for swimming"이란 표지판을 보고 마음놓고 수영을 하다가 벌금을 물었다는 이야기가 있다. Fine이 벌금(~에 처하다)이란 뜻도 있고 보면, 그건 '수영하기에 딱 좋다'가 아니라 '수영하는 자는 벌금에 처함'이 되어 버린다.

허용과 처벌이 동의어로 표현될 수 있다는 것은 역설적이고 당혹스럽다. 어쩌면 7·4공동성명, 6·29선언, 7·7선언 같은 것도 국민들이 fine 표지에 넘어간 실례라고 할 수 있다.

'민족 자주'를 위하여 외세를 배격하면 반미·용공이 되고, 상호 비방 금지라기에 비방 아닌 '바로 알기'에 힘쓰다 보니 찬양·고무죄가 기다리고 있었다. 북한을 민족공동체의 일원으로 보고 동반자 관계를 이룩해야 한다기에 그 말 믿고 나섰다가 여전히 북쪽을 '반국가 단체'로 규정한 현행법의 덫에 걸리기도 했다.

이처럼 정부는 국민들에게 '가可'로 말해 놓고 '불가'라고 하는가 하면, 그걸 보고 국민들은 아직도 불가인가 보다 여기고 있는 터에 집권 세력들끼리는 '가'로 써먹는다. 결국 정부는 무소불위이고 국민은 계속 묶여 있어야 한다는 이야기다.

'가'를 가로 믿었다가 철퇴를 맞은 것과는 반대로 '불가'를 불가로 알았다가 속은 일은 또 얼마이던가. 도청, 고문, 프락치 공작, 부동산 투기, 과잉 진압, 사법권 침해, 부정선거… 이런 것은 표면상의 '불가'와는 달리 어떤 이들에게는 사실 '가'나 다름없다.

야권 인사가 외국에 가서 국내 인권 상황이나 통일 문제를 언급하면 사대주의 근성의 발로라고 맹공격을 하는 사람들이 아직도 있다. 그들은 국내 문제를 외국 사람 앞에서 말하는 것을 금기처럼 비난하지만, 그렇다고 무슨 원칙이나 소신에서 그러는 것 같지는 않다. 정부에 불리하거나 비위에 거슬리는 말을 할 때만 사대주의론이 대두되기 때문이다.

어느 대통령은 유럽 선진국 순방 때 국내에는 구속 중인 정치범이 한 사람도 없다고 했다. 구속 중인 정치범이 있다는 말을 외국 사람 앞에서 하는 것이 사대주의라면, 정치범이 없다는 말 역시 사대주의의 표시로 봐야 할 것이 아닌가.

분단 문제만 해도 남북 간의 상호 개방과 화해는 원칙적으로 우리 자신의 일이다. 외국 사람에게 무슨 협조를 구한다는 것은 우리 국민 각자가 해야 될 일을 다하고도 여의치 않을 때 마지못해 조심스럽게 할 수 있는 말이다. 아무래도 일의 순서가 바뀐 것만 같다.

정치자금과 기부문화

국회의원들의 후원회가 한창 유행이다. '정치자금에관한법률'에 의해 정치자금을 거두는(?) 행사다. 나는 여야 간에 아는 의원이 많은 편이어서 초청장이 많이 날아온다. 물론 다 갈 수는 없고, 그렇다고 선별해서 가고 안 가고 하자니 섭섭해하는 사람이 생기고, 인심 잃을 염려도 있어서 공평하게 모두 가지 않는 것으로 방침을 정했다.

그러나 예외 없는 원칙은 없다던가, 정말 어쩔 수 없이 가야 할 때가 있다. J의원 후원회에 간 것도 고교 동문이라는 인연과 친분 때문에 부득이했다. 나중 언론보도에 의하면 3천여 명이나 모였다는 그 63빌딩 국제회의장에서 나는 축사를 했다.

"나는 J의원이 처음 정계에 입문하여 지구당 개편대회를 할 때 이렇게 축사를 했습니다. '정치는 마이크입니다. 국회의원 되기 위해서 선거유세 때 마이크를 잡고, 당선되고 나면 의사당 마이크 앞에서 발언을 하지 않습니까. 그런데 마이크— 하면 (이름난 앵커인) J씨 아닙니까. 고로 J씨는 정치에 성공할 것이 틀림없습니다.' 이렇게 말했는데, 과연 그는 재선에 최고위원을 거쳐 대선 후보감으로 성장했으니 내 말이 정확히 맞지 않았습니까?

오늘 후원회는 정치자금법에 의해 합법적으로 후원금을 받는 행사인데, 법에 의하면 개인은 1년에 2천만 원 한도 내에서 후원금을 낼 수 있게 되어 있습니다. 여러분은 아무쪼록 이 한도를 엄수하시어 2천만 원을 초과하여 후원금을 내는 일이 절대로 없도록 유의해 주시기 바랍니다. 물론 2천만 원까지는 괜찮습니다.

이런 말도 있습니다. 강도를 만나겠느냐 국회의원을 만나겠느냐 물으면, 강도를 만나겠다고 한답니다. 강도를 만나면 한 번 털리는 것으로 끝나지만, 국회의원한테는 두고두고 털리기 때문이라고 했습니다. 그렇다고 J의원이 여러분의 주머니를 계속 털려고 할 리가 있겠습니까? 그저 여러분께서 J의원에게 마음을 털어 주시면 감사하게 생각할 것입니다."

'정치자금에관한법률'에는 "정치자금은 국민의 의혹을 사는 일이 없도록 공명정대하게 운용되어야 하고 그 회계는 공개되어야 한다"고 규정되어 있다. 하지만 정치자금처럼 국민의 의혹을 많이 사는 검은 돈도 없을 것이다. 정치인이 받는 돈에 이른바 대가성이나 직무 관련성이 인정되면 뇌물이고, 그렇지 않으면 정치자금이라고 하는데, 그 기준은 참 애매모호하여 종잡기가 어렵다.

정치자금의 기부寄附는 아직도 은밀하게 이루어지는 예가 많다 보니 기부문화의 바람직한 형성이 아쉬운 현실이다. 기부는 give(주는 짓)라는 영어와 발음이 상통한다. 뿐인가, 기부를 영어로 donation이라고 하는데, 나는 이 말이 한국어의 "돈내쇼, 응→돈네숑"에서 전화轉化되었다는 학설을 발표한 바도 있다.

donation의 어원국답게 기부문화가 꽃피어 정치판에도 깨끗하고 아름다운 풍속이 자리잡았으면 좋겠다.

기역하고 니은하고 쌈이 붙었어요

1980년 여름 서울구치소에서 감옥살이 재수再修를 할 때, 바깥세상의 움직임을 알 수가 없어서 답답했다. 교도관은 물론 헌병까지 이중 배치된 완벽한 차단 속에 갇혀 있었기 때문이다.

어느 날 면회 온 아내에게 바깥세상이 어떻게 돌아가느냐고 물었다. 접견장의 플라스틱판 저편에서 아내는 알 듯 모를 듯한 말을 흘렸다. (시국 얘기는 금물로 되어 있어 은어나 암시로 의사 전달을 하는 수밖에 없었다.)

"기역하고 니은하고 쌈이 붙었어요."

ㄱ하고 ㄴ이라? 접견장에서 감방으로 돌아오면서 입속으로 되뇌다가 마침내 그 뜻을 알아냈다. ㄱ하고 ㄴ이란 북한과 남한이구나. 그럼 남북 간에 다시 전쟁이 터졌다는 말인데, 이렇게 되면 이래저래 큰일이구나 싶었다. 그러나 이런저런 방법으로 아무리 확인해 봐도 남북의 충돌은 없었다는 것이다.

일 년 후 석방되고 나서 아내에게 ㄱ과 ㄴ이 뭐냐고 물었다. 대답인즉 '이락과 이란'이라는 것이었다. 나는 왜 그처럼 머리가 안 돌았는지 알 수 없다.

며느리한테서 예수 믿으시라는 전도를 받은 할머니 한 분이 세례문답을 받으러 가게 되었다. 며느리는 시어머니에게 '예상 문제'를 풀이해 드렸다.

"목사님께서 예수님이 누구의 죄 때문에 돌아가셨느냐고 물으시거든 내 죄 때문에 돌아가셨다고 대답하세요."

과연 목사님은 이렇게 질문을 했다.

"예수님은 누구의 죄 때문에 돌아가셨는가요?"

그러자 할머니는 서슴지 않고 대답했다.

"예수님은 우리 며느리 죄 때문에 돌아가셨지요 뭐."

말은 이처럼 잘못 풀이될 수도 있고 엉뚱하게 이해될 수도 있지만, 앞의 두 예에서는 주제 파악은 잘못되었으나 애교가 엿보인다. 그러나 얄미운 딴소리를 꾸며서 세상을 놀리는 요즈음의 '입'들은 파렴치하고 가증스럽다.

가령, 광주 사태의 책임을 논하는 마당에 가장 큰 보복은 용서라느니, 전직 대통령이 국회에 나와 증언하는 것은 국익에 해롭다느니, 잘못은 없으나 약사발은 달게 받겠다느니, 정국 안정을 위해 물러는 가지만 광주 사태와는 무관하다느니 따위의 궤변 말이다.

말장난이 세상을 헷갈리게 할 때 사람들이여, 아직도 주제 파악을 못하는 자들을 꾸짖기 전에 차라리 그들을 불쌍히 여길지어다.

"She was a boy!"

"She was a boy."

이런 영어는 처음 들어봤다. 앞뒤가 맞지 않는 틀린 영어인가? 영국 외교관의 입에서 나온 말이니 영어를 몰라서 한 말은 아닐 것이다.

어느 해 11월 그믐께, 사회복지공동모금회는 연말연시 이웃돕기 모금 캠페인 발대식 행사를 명동에서 벌였다. 아침부터 방송사 중계차 두 대가 좁은 명동 상가 길목에 집채만 한 위용을 드러냈다. 시간이 되자 가설무대에선 식전 행사로 연예인들의 공연이 시작되었다.

그 무렵 무대 뒤쪽 임시 캠프에는 주최 측과 초청 인사들의 담소하는 모습이 보였다. 그중에는 영국대사관의 고위 외교관 내외분도 있었다. 환담하는 중에 마침 인기가수 하리수가 노래하는 장면이 천막 어귀에 있는 영상 모니터에 뜨자, 그 외교관 부부는 깜짝 반기는 표정으로 모니터 앞으로 다가갔다.

하리수는 발랄하고 신선했다. 그녀에게서 눈을 떼지 않고 있는 그 외교관에게 나는 그야말로 싱거운 질문을 했다.

"저 여가수를 좋아하십니까?"

그러자 그의 대답 첫마디는 이러했다.

"She was a boy!"

성전환 수술로 화제를 모았던 하리수를 그처럼 단 한마디로 완벽하게(?) 표현하는 것이었다. 들려오는 말에, 미국에서는 성전환하는 연예인은 용납하지만, 성전환한 사람의 연예계 진출은 그 반대라고 한다. 한국에서 스타가 된 하리수는 그런 점에서 행운이라 하겠다.

그날 행사에는 또 하나의 해프닝 아닌 물의가 따랐다. 전혀 뜻밖의 일이었다. 주최 측은 모금 캠페인의 홍보 효과를 높이기 위해 당시 대통령 후보 3인에게도 참석을 요청하여 모두 승낙을 받았다. 그런데 그중 두 분은 유세 일정 변경을 이유로 불참하고, 이회창 후보만 약속을 지켰다.

식순에 따라서 각계 인사가 한 사람씩 무대에 올라가 성금을 넣고 짤막한 소감을 말했다. 물론 그 모든 장면은 KBS를 통해 전국에 생중계되었다. 주최 측으로서는 세 후보 중 유일하게 약속을 지킨 이 후보에게 고마운 생각이 들었다.

그런데 며칠 뒤 방송위원회가 KBS와 담당 PD에게 경고 처분을 내렸다는 소식이 들려왔다. KBS가 특정 후보만을 부각시킨 것은 불공정한 방송이었다는 요지였다.

나는 생각이 달랐다. 대선 후보 3인에게 똑같은 기회를 주었고, 상대방에서도 참석하기로 약속을 했는데, 두 후보는 일방적으로 약속을 파기하고 안 나왔으니 불공정 논의는 나올 여지가 없는 터였다. 방송위 처분대로라면 약속을 지키기 위해 행사장에 나온 후보를 돌려보내거나 일부러 TV카메라가 외면했어야 하는데, 그것이야말로 불공정한 일 아닌가.

　주최 측인 공동모금회에서도 그런 처분의 부당성을 지적했더니 그 후 '경고'가 '주의환기'로 감일등減一等되었다. 단상 장면은 그렇다 하더라도 떡볶이 코너에서 이 후보가 반짝 봉사를 할 때의 중계 장면엔 문제가 있다는 것이었다.

　선거운동 기간 중에 모두 너무 과민하다 보니 '공정성'의 기준이 오히려 혼란해진 탓이었다.

영어 연설

법률 전문가 아닌 법무장관, 영어 못하는 외무장관, 우리 상식으로는 이해하기 어렵지만 일본에서는 심심치 않게 있는 일이다. 각료의 파벌 안배를 하다 보면 그런 수가 있다고 한다.

영어 못하는 외무장관이 국제 무대에서 당당히 행세할 수 있다는 데서 일본의 면모가 돋보이기도 한다. 바로 그 일본에서 영어를 꽤 잘한다고 자부하는 사람이 외무장관 자리에 앉게 되었다. 그는 유엔 총회에 가서도 물론 영어로 연설을 했다. 유창한 영어를 과시하면서 득의만면 그대로였다.

그때 연설을 듣고 있던 미국 대표가 영국 대표에게 속삭였다.

"일본말에도 영어 비슷한 데가 더러 있군요."

노태우 대통령도 1989년 10월 미 국회 양원 합동회의에서 영어로 연설을 했다. 미국 국회의원들에게 그 연설이 어떻게 들렸는지는 모르지만, 박수를 치는 장면이 여러 번 나온 것을 보면 뜻이 제대로 통한 모양이다. 신문에 따르면 사전에 연습을 많이 하였다고 하니, 지성이면 감천이라는데 '감미感美'쯤이야….

서울에 앉아서 보기로는 그때 미국 의원들의 박수는 뭔가 부담스럽게 느껴졌다. 미국이 끈질기게 요구하고 있는 시장 개방 압력과 주한 미군 주둔 비용 부담 증액을 수락하지 않을 수 없도록 만드는 촉구성 박수처럼 들렸던 것이다.

노 대통령은 그때 워싱턴에서 국내에는 정치범으로 구속된 사람이 단 한 사람도 없다고 말했다. "다만 자유민주주의 체제를 전복하기 위하여 폭력적 행동으로 법을 어겨 구속된 사람이 있을 뿐"이라고 했다. 그들은 파괴범이지 정치범은 아니라고 했다.

동서고금을 가릴 것 없이 어느 집권자도 정치적·사상적 신념을 이유로 사람을 잡아 가두었다고 정직하게 자인한 적은 없다. 죄명만을 내세워 정치범이 아니라고 우기는 수도 있다. 실정법 위반자는 정치범일 수가 없다고 강변하기도 한다. 그러나 실정법 위반이라는 표찰을 붙이지 않고서 정치범을 잡아들인 일 또한 고금에 없다.

집권자나 여권 사람들은 '실정법 위반'이란 말을 애용한다. 그런 중에 한 여당 의원이 이런 말을 했다던가.

"실정법, 실정법 하는데 그게 언제 만든 법인가. 육법전서에도 그런 법은 없더라고."

맞다. 법전法典만 가지고는 헤아릴 수 없는 '실정법 위반'이 문제다. 영어로 하는 말만 어려운 것이 아니다. 우리말로 하더라도 거짓말을 안 하기란 여간 어렵지 않다.

도무지 뭐가 뭔지

남한에서 군사독재나 경제적 모순, 사회적 부패와 갈등을 지탄하다가 '용공'으로 몰린 사람은 참 많다. 북한의 대남선전과 같은 소리를 하였으니 '북괴 주장에 동조'한 책임을 져야 한다는 것이다. 이렇게 되다 보니 북쪽에서 잘 쓰는 말은 객관적 진실이든 우리말다운 어휘든 간에 아예 외면하고 회피하는 경향이 생겼다.

그래서 '동무'라는 좋은 말이 남한에서는 아예 쓰이지 않는다. 주권자인 국민의 의사 표현이 북에서 하는 말과 같으면 반국가단체의 찬양·동조가 된다니, 한국 정부를 북에서 비난하면 여기서는 찬양을 해야 하고, 학생운동을 북에서 찬양하면 여기서는 비난을 해야 반공이 된다.

1989년 하반기 이후 동구 공산권 나라들이 종전의 일당독재를 벗어나 다당제多黨制로 전환하여 세상을 놀라게 하였다. 그런데 남한에서는 그와 반대로 여야 3당이 한 정당으로 통폐합을 해 버렸다. 저쪽이 하나에서 여럿이 되고 나니, 이쪽은 여럿을 하나로 묶어 정반대의 변화를 보였다. 과연 투철한 반공 현상이구나 싶다.

공산권 나라에서는 일당독재와 국민기본권의 제한을 차츰 풀어가는 모양인데, 여기서는 (겉으로의 말과는 달리) 혹독하게 조여매고 있다. 이것도 공산국가의 변화와는 반대 방향으로 가는 것이니 반공의식의 발로인지도 모르겠다.

물론 러시아도 대통령제를 채택했는데, 한국 여당에선 이왕의 대통령제를 내각책임제로 바꾸어 보겠다고 억지를 부리고 있다. 이것도 반공 태세의 하나로 풀이해 본다.

공산국가에서는 엄청난 시민 데모도 허용하는 방향으로 달라지고 있는데, 서울에서는 원천 봉쇄에 강경 진압으로 잡혀가는 사례가 증가일로에 있다. 이것도 공산국가에서의 변화와 상반되는 점에서는 반공인지도 모르겠다.

그러나 어느새 이상한 현상이 나타났으니 공산주의자가 하는 말을 그대로 따다가 자랑스럽게 써먹는 정치인이 생겨났다. 소련 고르바초프가 내세운 페레스트로이카나 신사고新思考라는 말을 재빠르게 무단 차용하여 억지춘향을 연출하는 사람을 본다. 우습기로는 고르바초프의 '신사고'가 엄청난 개혁 의지의 원천임에 반하여, 이쪽의 어떤 사람은 수구守舊 내지 역사 후진에 가담하는 변질의 변명으로 신사고란 말을 내세웠다.

'괴뢰'는 꼭두각시라는 뜻인데, '북한 괴뢰' 운운할 때 북한은 소련이나 중국의 꼭두각시로 의제擬制되었었다. 그런데 꼭두각시를 움직이는 종주국(?)에게는 온갖 선심과 저자세를 과시하는 한국 정부가 막상 꼭두각시에 불과하다고 매도해 온 자기 동포에 대해서는 여전히 '반국가 단체'라는 딱지를 고집한다.

한국전쟁 때 인민군 총참모장이었던 이상조라는 사람은 서울에 들어와서까지 공산주의에 대한 자신의 신념을 당당히 방송했는데도 귀빈 대우를 받았다.

이에 반해 민주화와 통일을 위해 싸우는 제바닥의 동족은 예나 다름없이 줄줄이 묶여 들어갔다. 뭐가 뭔지 도무지 알 수 없는 세상이 되었다.

수준급 반론

1990년대 말, 프랑스는 대통령과 총리가 서로 소속 정당을 달리하는 기형적 정부를 가진 적이 있었다. 사회주의자인 미테랑 대통령과 보수파인 시라크 총리가 함께 이끌어 가는 보혁保革 공존 정부이다 보니 내부적으로 미묘한 갈등과 충돌이 발생할 수밖에 없었다.

물론 미테랑은 사회주의 정책을 극구 자찬했다.

"사회주의 정권 하에서 주택 건설이나 병원 신축 등이 크게 증가하였고, 유아 일인당 우유 소비량도 해마다 늘고 있습니다. 과거에는 출생률의 저하로 고민했는데, 사회주의 정권이 들어선 후에는 전례 없이 출생률이 증가하고 있습니다."

이때 보수파 시라크 총리가 아주 점잖게 반론을 했다.

"다른 건 몰라도 마지막에 언급한 출생률 상승은 사회주의보다는 '개개인의 노력'의 성과라는 것을 대통령께서도 부인하지 못할 것입니다."

아전인수니 어불성설이니 견강부회 같은 반박조 직설 대신 '개개인의 노력'이란 표현은 애교와 해학이 넘치는 반론이었다.

우리나라 정치인들은 벌거벗은 욕설이나 폭언에 길들여져 있어 정치(인)의 질을 앞장서 떨어뜨리고 있다. 입(말)이 불결하다는 것은 그 사람의 마음과 처신까지도 불결하다는 징후가 될 수 있다. 정치인들의 험구가 욕설로 변하여 극한적인 감정을 드러내는 일은 흔하다. 취중싸움도 아니고 멀쩡한 정신으로 모여 앉은 회의석상에서 그런 해프닝이 벌어지기도 한다.

얼마 전 민주당 당무회의에서 이른바 신당 문제로 격돌이 벌어졌다. P의원의 발언이 10분 넘게 계속되자 C의원이 "토론 혼자 합니까? 그만 하시죠"라고 제지했다. 그러자 L의원이 C의원의 이름을 부르며 "아무개, 조심해"라고 개입. 이에 C의원이 "임마, 넌 왜 나서냐?"라며 대들었고, L의원은 "임마라고? 이게 싸가지 없이…." 험한 말싸움이 일촉즉발로 번져 나갔다.

국회의원의 교양과 언어 수준이 이 정도라면 그야말로 '막가자'는 격이다. 대화와 타협을 노랫가락처럼 되뇌지만 말버릇이 그처럼 상스러워서야 정치다운 정치는 기대하기 어렵다. 같은 말이라도 완곡하거나 우회적이거나 해학적이었다면 품격이나 묘미가 따르는 법인데, 그렇게 하기가 쉽지 않은 모양이다.

그 점에서 다소 평가할 만한 사례가 최근 민주당 회의에서 나왔다. 언론에 보도된 것이 아니라 회의 참석자로부터 직접 들은 실화다.

L의원을 예결위원장으로 내정한 데 대하여 R의원이 이의를 달고 나서서 "L위원은 예결위원장으로는 적합하지 않다"고 반대했다. L의원은 R의원이 서울대 출신임을 의식한 듯 "서울대 출신이 아니라서 그러냐? 세종대왕이나 이순신 장군이 서울대 출신이었나?"라고 맞받아쳤다.

논리적은 아니지만 돌파력과 해학을 겸비한 변칙 공격으로는 수준급이었다.

국회 재경위에서 야당 의원과 경제부총리 사이에 큰 소리와 함께 이런 문답이 오간 적도 있다.

의원 : 그렇게 치고 빠지지 말라.
장관 : 사실이 아니라고 하는데, 왜 자꾸 그래요?
의원 : 어디에다 대고 신경질을 부리느냐?
장관 : 나를 인격적으로 모독하지 않았느냐?
의원 : 국감 나온 의원을 이렇게 대하는 장관이 어디 있느냐?

정치인이나 고위직 또는 지도층의 언어 수준을 채점·평가하는 모니터링 제도를 제안하고 싶은 심정이다.

이변의 연속

영국 의회가 131 대 130으로 내각 불신임안을 가결시키자 캘러헌 수상은 두말없이 사표를 냈다. 그렇게 해야 할 성문법상의 근거가 없는데도 정치적인 관례를 존중한 것이었다. 단 한 표의 차가 이처럼 노동당 정권을 간단히 무너뜨렸으니 '극적'이란 말로도 표현이 모자랄 지경이다. '세상에 이런 나라도 있구나' 하는 감탄은 이쪽의 느낌일 뿐, 정작 본바닥인 저쪽에서는 으레 당연한 일로 받아들여진 모양이니 부러운 노릇이다.

도버해협 건너에서 그런 일이 있은 지 사흘 만에 지중해 이쪽에서 '나도밤나무' 하는 식으로 이탈리아 내각이 단 한 표 차로 불신임을 당하고 넘어졌다. 누군가가 정치소설을 쓴대도 이러한 이변의 연속은 상상하기 어려울 것이다.

우리나라 국회에서도 왕년에 한 표의 재변이 있었다. 이 대통령을 위한 3선 개헌 때 의결정족수는 136표인데, '가ㅍ' 표는 하나 모자라는 135표였다. 할 수 없이 '부결'로 선포했다가 난데없는 사사오입四捨五入을 도입하여 이틀 만에 '가결'로 뒤집었다.

어느 것이나 집권당의 운명이 걸린 한 표이기는 마찬가지인데, 저쪽에선 승복을 했고 이쪽에선 유린을 했다. 이번 영국의 경우는 노동당 의원 한 사람이 병으로 등원하지 못하였기 때문에 그런 패배를 빚어 냈다고 하니 더욱 기가 막히다.

그 사람을 앰뷸런스로 의사당에 모셔 왔더라면 어땠을까? 여당에서는 그 사람의 병이 나아서 등원이 가능할 때까지 표결을 연기시키는 무슨 작전쯤 있음 직한데 그런 술책을 꾸미지도 않았던 것 같고, 군소정당의 의원 몇 사람을 매수해서 패배를 면하는 비결도 추구하지 않았던 모양이다. 결국 영국의 노동당 정부는 정권을 고수하는 데 결사적이기는커녕 오히려 무성의했다는 인상을 남겼다.

런던에서 우리나라 특파원이 보내 온 기사를 보면, 표결하던 날 의사당 안에서도 아무런 격돌이 없었고, 패세에 몰린 캘러헌 수상이 도리어 멋진 유머를 섞어 가며 명연설을 하여 장내를 웃겼다는 것이다.

항용 살기등등하게 마련인 정권싸움의 고비에서도 그렇게 평화적일 수 있는 나라는 얼마쯤 싱거운 느낌을 준다. 영국의 정치학자 라스키는 "권력의 생명은 명령하는 힘이 아니고 납득시키는 힘에 있다"고 말했지만, 권력을 잡거나 내놓는 과정이 그처럼 순리에 입각한 것이라면, 명령보다는 납득을 소중히 여기는 도덕성이 한층 돋보이게 된다.

이 세상에는 국민이 납득할 수 없는 일을 그저 명령으로만 해내려는 권력자가 많다. 때마침 곤욕을 치르고 있던 우간다 이디 아민 대통령도 그런 부류의 족보에 넣어 줄 만한 인물이었다.

권좌의 진퇴가 정당한 표에 좌우되는 점에서도 영국은 과연 우등생의 나라라 할 수 있다.

현명한 우자愚者

영국의 제임스 1세는 제법 학문을 좋아해서 왕치고는 상당히 박식했던 모양이다. 그러나 그가 잉글랜드의 전통적인 제도나 관습을 무시하고 왕권신수설을 부르짖으며 독재를 감행하자, 어느 의원이 왕을 '현명한 우자'라는 말로 혹평했다 한다.

사실 학식이나 이론에 밝은 사람이 꼭 지혜롭고 정당하게 행동하는 것은 아니다. 오히려 곡학아세로 지적 횡포를 감행하거나 좌고우면하며 더러는 무기력과 허약에 주저앉는 예가 많다. 특히 오늘의 한국엔 이런 류의 '현명한 우자'들이 만원사례—청산 못지않게 도처에 널려 있다.

"이런 세상 살아가자면 별 수 없다"는 자학에서부터 "나의 지론이야말로 국가의 장래를 위한 것"이라는 독존에 이르기까지 그 용태는 다양만상이다.

외형상 적극적 우자와 소극적 우자, 또는 작위적 바보와 부작위의 바보—이렇게 나누어 볼 수도 있다. 거기에다 그들이 그렇게 되는 정신적 요인이랄까 심리를 들춰 본다면 이 또한 다채롭기만 하다.

의당 해야 될 말도 하지 못한 채 얼굴을 돌리는 소심침묵파, 어쩔 수 없대서 본의 아닌 말을 늘어놓는 무골부득이파, 어느 세력 어느 풍조를 눈치 빠르게 이용하는 영합편승파, 권부 추종을 위해서라면 이왕의 소신쯤 서커스 놀음에 의탁하는 변절곡예파, 엉뚱한 독단을 가지고 유아唯我애국으로 비약시키려는 변장애국파, 이것저것 여러 가지 속셈이 복합되어 있는 만박萬博다목적파….

이런 유파의 어느 것에도 해당되지 않는 식자가 있다면 그분은 '현명한 현자'든지 '우매한 우자'든지 둘 중 하나가 될 테니까, 호칭에서 풍기는 논리적 일관성(?)만으로도 면박의 대상 밖으로 모셔 둘 만하다.

지식인의 타락은 어제 오늘의 일이 아니며 우리나라 특유의 현상만도 아니다. 문제는 그런 정신적 자해행위가 양적으로 확대되고 질적으로 심화되는 일반화 경향에 있다. 그리고 이런 풍토는 결코 바로잡힐 가망이 없다고 체념하는 그 좌절감에 있다. 타락을 타락인 줄 모르고 수치를 수치인 줄 모르는 둔감이나 불감 증세가 큰일이란 말이다.

언필칭 법과 정의를 들먹이는 법조인들은 이런 혹평에서 논외지사로 인정받아야 할 처지다. 그런데 지난번 국회에서 법원과 소송 관계의 2대 법률이 개악될 때 법조 출신 의원들이 박리다매식 법률제조술로 공을 세운 것을 보고 적이 실망했다.

도대체 우리는 지금 '현명한 우자'인가 '우매한 현자'인가?

소방차와 야유회

연전에 일어난 쓸쓸한 희극이 생각난다. 아산 현충사 도난방지기를 도난당한 일, 그리고 소방차가 야유회에 나간 사이 화재가 난 일. 위난을 막아 주고 지켜 주리라던 수호 장치가 제자리에서 자취를 감춘 허망함에 어처구니없는 홍소哄笑마저 따랐다.

도난방지기가 자신의 도난조차 방지하지 못했다는 사실은 적잖은 암시를 풍긴다. 그 기능의 고장을 짐작하게 하기도 하고 인위적 억제의 한계를 깨우쳐 주기도 한다. 그렇다고 '도난방지기 도난' 방지기를 무한정으로 가상한대도 이야기는 풀리지 않는다. 궁극적인 보장은 다른 데서 찾을 수밖에 없다.

위급한 화마에 대비하고 있어야 할 소방차가 야유회에 출동해야 했다는 것도 함축성이 대단한 삽화다. 하필이면 그동안을 참지 못하고 불이 났으니 불의 몰지각을 탓해야 할까. 결국 궁극적으로 의탁할 것이 우리에겐 아무것도 없구나 하는 생각이 뒤따른다.

뇌물사건의 용의자로부터 뇌물을 받아먹고 원흉이 하수인에게 문책을 서슴지 않는 풍토 안에서 사회 정의를 운위하기도 한다. 어떤 소피스트의 말재간으로도 설명이 불가능한 이 처절한 일상적 모순 앞에 이젠 아파할 만한 감각도 없다. 여기서 또한 우리는 규범 무용의 좌절에 부딪힌다. 나는 '바담 풍' 해도 너희들은 '바람 풍' 해라. 어쨌든 나 시키는 대로….

옛날 서당꾼들은 목청을 돋우고 몸을 흔들며 글을 읽었다. 몸을 흔들되 학생들은 앞뒤로만 흔들어야 했다. 오직 훈장(선생)만이 좌우로 흔들 수 있었다. 문하생들은 그런 '폼'을 잡지 못하도록 금지되었다.

냉방장치가 되어 있는 현대식 건물 안에 군림하는 높은 사람들이라고 해서 옛날의 서당 훈장보다 크게 나아진 것은 없다. 복종하던 아래쪽이 그저 순종만 하는 대신 끝없이 의문을 품는다는 점만이 그때와 다르다. 훈장의 말과 행동이 표리·전후로 걷잡을 수 없게 되면 아마 모든 학생이 사고의 기준을 잃어버릴 것은 뻔하다.

우리는 아직 그런 서당꾼의 의문 속에 살지나 않는지. 받들고 신뢰하고 기대했던 온갖 것이 사실은 허상이요 의제擬制였음이 간파된 때, 우리는 다시금 초라한 자기의 자리로 돌아와 쭈그리고 앉아야 한다. 누가 뭐라 해도 제대로 믿어지지 않는 회의가 앞선다. 그러한 부정의 증세는 환자만의 힘으로 고쳐지지 않는다. 믿게 하면 된다. 도난방지기처럼, 소방차처럼, 그리고 바람 풍처럼 되지 않으면 된다.

사회현상이나 정치문제에 있어서 위장은 영리할지는 몰라도 현명한 노릇은 아니다. 무언가 소중한 것이 제자리에 잊지 않다는 것, 사물의 논리가 제대로 발음되지 않는다는 것, 포장과 내용품이 번번이 달랐다는 것— 이런 상황에서 인간의 내면이 어떻게 변화하는가를 위정자가 긴 안목으로 통찰할 수 있다면 앉아서 쇼크만 먹는 통치의 객체들은 조금 덜 불행할 수도 있을 것이다.

사법개혁 – '원기'와 '우려'

나는 2005년 초부터 만 2년 동안 사법제도개혁추진위원회 위원장직을 맡아 일했다. 정확히 말하면 국무총리와 공동위원장이었지만, 그쪽은 본래의 직무 때문에 회의에도 자주 빠졌다. 더구나 내 임기 2년 동안 총리는 세 분이나 거쳐 갔다. 정부의 관계 장관과 민간의 각계 인사들로 구성된 위원회에서 각종 사법개혁안을 법안 형태로 완성하여 정부에 보내면 국무회의 의결을 거쳐 국회에 법안으로 제출된다.

그런데 국회란 곳은 정치보다는 정쟁에 더 열을 올리는 공간이라서, 도대체 사법개혁 법안을 심의조차 하지 않고 딴청을 부렸다. 겨우 몇 개 법안을 입법화하는 데는 성공(?)했으나, 가장 중요하고 또 시급한 법안 두 개는 계속 외면당하고 있었다. 나는 국회와 정당 지도부를 찾아가서 호소도 하고 설득도 해야 했다.

먼저 김원기 국회의장을 방문했다. 김 의장은 온화하면서도 호의적인 반응을 보였다. 국회의장 맘대로 되는 일이 아님을 왜 모를까마는, 말대접이라도 호의적이었으니 기분이 좋았다.

그 다음엔 로스쿨법 소관 상임위원회인 교육위원회 위원장을 만나야 했다. 그런데 그는 야당 소속 황우려 의원이어서 '우려' 되는 바가 있었다. 하지만 나와 잘 아는 법조인 출신에다 온유한 성품이어서 크게 걱정하지 않고 그를 찾아갔다. 거기서 우려는 없어졌다. 황 위원장 책상 위의 명패에서 '황우려'가 아닌 '황우여'라는 세 글자가 보였던 것이다.

간곡한 당부 말씀을 전하고 나와 엘리베이터로 향하는 도중에 '황우여'라는 이름이 문득 마음에 걸렸다. '우려'는 아니어서 좋았지만 '우여'라, 필시 우여곡절이 있을 것만 같았다.

과연 그 점괘는 맞아떨어졌다. 국회 교육위원회에서 야당이 소위원회 여야 합의를 하룻밤 사이에 뒤집는가 하면, 법사위 쪽도 태업을 공언하고 있었다. 언론에서는 야당이 다수당의 위력을 내세워 사법개혁의 발목을 잡고 있다고 보도했다.

나는 제1야당의 당 3역을 찾아가 이렇게 말했다.

"야당이 사법개혁 발목을 잡는다기에 저는 여러분의 손목을 잡으러 왔습니다."

그리고 기자들에게 (교육위에서의 백지화 과정을 알리면서) "이젠 예측 가능성에 기대를 걸 생각이 없다. 오히려 예측 불가능성에 기대를 걸고 있다"고 했다.

실제로 그 법안은 의장 직권으로 본회의에 상정되어 회기 종료 3분을 남겨 놓고 아슬아슬하게 가결 처리되었으니, 나의 '예측 불가능성에의 기대'가 적중한 셈이었다.

담요와 철새

여의도의 언어 풍토는 살벌하거나 독기로 넘쳐난다. 국회의원을 비롯한 정치인들이 거기 몰려 있기 때문이다. 말의 품격이나 교양은 꿈에라도 기대하기 어려운 곳이다.

그들에게서 유머나 해학을 찾는 것은 '나무 위에 올라가 물고기 잡기'나 마찬가지다. 그런 정치권에서 모처럼 신선한(?) 말이 떴으니, 나한테는 큰 뉴스였다.

이명박 정부가 들어서고 청와대 비서실장이 야당 대표에게 취임 인사 겸 청문회 부탁을 하러 왔다.

당시는 국회 청문회 대상인 장관 등 정부 요직 지명자들이 위장 전입, 부동산 투기, 표절, 탈세, 병역 문제 등으로 비판에 올라 고전 중일 때였다. 청와대 비서실장이 말했다.

"정부로서는 최선을 다한 인사이니 흠이 좀 있더라도 널리 덮어 주시기 바랍니다."

그러자 야당 대표의 대답은 이러했다.

"그 흠들을 다 덮으려면 아주 넓은 담요가 여러 장 있어야겠는데…."

비슷한 시기에 여야가 국회의원 후보자 공천으로 몸살을 앓고 있었다. 공천을 받기 위해서 못할 짓이 없고, 갖가지 추문도 흔하게 떠돌았다. 그중의 하나가 '철새' 정치인들의 행태였다. 당적도 의리도 안중에 없고, 그저 돈을 들이밀면 하루아침에 당 공천을 얻는다. 여당에서 그런 사건이 드러나 물의가 커졌다.

그때 당 윤리위원장인 인 아무개 목사가 일침을 놓았다.

"사람에게 공천을 줘야지, 왜 새에게 공천을 주느냐?"

기막힌 일격이었다.

실제로 그렇게 문제를 일으켰던 장본인들은 한때 국회의원 배지를 달고 다녔으나, 얼마 전 법원에서 당선무효가 확정되어 눈물을 삼켰다.

정치권에는 시도 때도 없이 날아오고 날아가는 철새가 얼마나 많은가. 사람도 받기 어려운 공천을 그런 새가 받아서 의원이 되어 까마귀처럼 까욱까욱 소리를 내고 있으니, 여의도는 예나 지금이나 철새 도래지임에 틀림없다.

노무현 전 대통령의 유머는 달변과 함께 수준급이었다. 어느 날 과천 중앙공무원교육원에서 수습사무관들에게 특강을 하던 중 한 수강생으로부터 건강관리에 관한 질문을 받았다. 그는 매일 아침 한 시간쯤 요가 체조를 한다면서 이렇게 말을 이었다.

"요가 같기도 하고 국선도 같기도 한데, 요가라고 하려니까 요가 하는 사람들이 '그게 무슨 요가냐?' 할 것 같고, 국선도라

고 하면 '그런 국선도가 어디 있느냐?' 할 것 같아 대답하기 곤
란합니다."

장내에선 웃음이 터져 나왔다.

또 언젠가 국정과제회의에 나온 서천군수로부터 "대통령께
서 주요 행사 때 서천산 모시옷을 입어 달라"는 건의를 받고 그
는 즉석에서 쾌락을 했다. 그리고 이어서 "한산이나 서천군이 서
울에서 무슨 행사를 하는 기회가 있으면, 모시옷을 입고 한 30분
동안 걸어 다니는 정도는 제가 하겠습니다."

그의 재치 있는 말은 좀 더 남아 있었다.

"그리고 뭐 돈이야 안 주겠지만, 입었던 옷은 갈아입지 않고
입은 채 그대로 가도 괜찮도록 해 주시기 바랍니다."

역대 대통령 중에서 그만한 즉석 유머를 구사할 줄 아는 분도
드물지 않을까?

비해학의 해학화

동양인은 미국인 또는 서구인들에 비해 유머 감각, 구사, 반응에서 큰 격차를 보이는 것으로 알려져 있다. 그래서인지 신문·방송 등 언론이나 유머 관련 서적에도 유럽이나 미국의 원수급 인물들의 유머는 심심치 않게 등장하는데, 일본이나 중국 등 동양권 나라 원수들의 유머는 찾아보기 힘들다.

한국이 어느 쪽에 분류되어야 하는가는 굳이 말할 필요도 없다. 야구로 치면 직구밖에 모르고 그나마 번번이 스트라이크 존을 벗어나서 '볼'이 난다. 교양과 여유 그리고 친화력을 보여 줄 좋은 '거리'를 놓치고 있는 셈이다.

미국과 함께 이른바 G2로 꼽히는 중국은 최근 워싱턴 백악관에서 안타를 하나 날렸다. 미·중 정상회담을 마친 뒤에 가진 기자회견에서 후진타오 주석은 중국 내의 인권 문제에 대한 기자 질문에 응답을 하지 않았다. 다음 질문자가 그 이유를 묻자, 후 주석은 "오바마 대통령에게 묻는 줄 알았다"고 대답했다. 폭소가 터진 것은 물론이고, 위기를 웃음으로 비켜 가는 두뇌를 보였다. 그러고 나서 중국 내 인권 상황에 일부 개선의 여지가 있다는 점을 시인함으로써 농담 아닌 진정성을 보였다.

백악관 환영 만찬에 미국 하원 의장이 불참한 데 대한 의견을 말해 달라는 매우 까칠한 질문도 잘 받아냈다. "그것은 오바마 대통령이 더 잘 알 것이다." 이만하면 수준급이다.

중국의 급성장에 대하여 두려움을 느끼지 않느냐는 취지의 질문에 오바마 대통령은 "덕분에 우리 물건을 많이 팔 수 있으니까 좋지 않으냐"고 받아넘겼다. 체질적이었다.

이명박 대통령이 국내외를 통틀어서 무슨 유머를 남겼다는 말은 적어도 내 기억에는 없다. 그가 유머를 구사한 일이 없다고 단정할 수는 없다. 언론을 통해서 알려지지 않았거나 내 정보력과 기억력의 한계로 누락이 있을 수도 있기 때문이다.

아! 하나 생각난다. 지난번 온 나라를 들썩이게 한 G20 정상 회의 때 무슨 문제(6자회담 관련?)엔가, 만일 정상들이 합의를 하지 않으면 비행기를 뜨지 못하게 하겠다고 말했다던가?

그 후에도 그는 유머 효과를 창출하는 발언으로 인구에 회자되는 실적을 남겼다. "내가 장사를 해 봐서 아는데…"가 "내가 쇼를 해 봐서 아는데…" 등으로 패러디되었는가 하면, "당신 요즘 거물 됐던데…"라고도 해서 심심치 않은 여운을 남겼다.

문제는 그런 말을 입에 올린 동기가 해학과는 거리가 먼 (시장 상인들에 대한) 립서비스나 (여당 대표에 대한) 노여움의 표출이었다는 데 있다. 그러니까 '비해학의 해학화'라고 할 만하다.

왕년에 YS가 단식 투쟁을 하는 후배 정치인을 찾아가 "먹지 않고 굶으면 틀림없이 죽는다"라고 과학적(?)인 예언을 한 것도 같은 범주에 넣을 만하다.

아무래도 국가원수급 유머에는 처칠 전 영국 수상을 등장시켜야 한다. 언젠가 그는 의회 개의 시간에 30분쯤 지각을 했다. 그때 반대 당 의원들이 비난을 하자, 그는 머리를 긁적이며 대답했다.

"미인 마누라와 살다 보니 일찍 일어나기가 어렵습니다. 앞으로 회의가 있는 전날은 각방을 쓰겠습니다."

'장내 폭소' 운운은 굳이 언급할 필요조차 없었다.

이번에는 일본으로 가 보자. 미국 경제인들을 위한 안내서에 "일본인은 유머에 익숙하지 않아서 자칫 역효과를 낼 수도 있다"고 적혀 있다는 말을 들었다. 지미 카터 전 미국 대통령이 일본인들을 상대로 연설을 하게 되었는데, 한 보좌관이 바로 그러한 역효과를 걱정하여 유머 사용을 만류하였으나 카터는 걱정 말라며 유머를 날렸다. 일본어 통역의 말이 떨어지자 장내는 폭소로 넘쳐났다. 카터는 으쓱해 보이며 통역에게 말했다.

"반응이 아주 좋지 않았습니까? 역시 통역을 잘해 주신 덕분입니다."

그러자 통역은 이렇게 대답했다.

"저는 대통령의 말씀을 통역할 수가 없어서 청중들에게 '지금 대통령께서 조크로 말씀을 하셨으니 아무쪼록 여러분 큰 소리로 웃어 주십시오'라고 말했습니다."

평소에 말수가 적다는 푸틴 러시아 대통령은 모스크바에서 열린 유럽최고감사기구회의에서 독일 대표의 이름(성)이 '엥겔스'인 것을 알고는 "마르크스는 안 와서 다행이군요"라고 말해 사회주의권 나라 원수치고는 그런대로 득점을 했다.

부시는 유머에서도 인기가 없기는 마찬가지였다. 그는 파리 엘리제궁에서 시라크 대통령과 공동 기자회견을 하던 중 한꺼번에 여러 질문을 받고 이를 다 기억하지 못하자 시차를 들먹이며 "55세가 넘으면 이렇게 된다"고 하여 당시 69세였던 시라크 대통령을 찌푸리게 하였다.

그뿐인가. NBC방송 기자가 불어로 시라크에게 질문을 하자, "단어 몇 개 외운 것 가지고 국제적인 인물인 것처럼 행동하네요"라고 비꼬는 투로 말하여 빈축을 샀다.

독불장군으로 미움을 사는 권력자는 유머 수준에서도 'F'를 받게 마련이다.

14초 동안 박수 받은 여왕

대통령이 전임자 탓을 늘어놓는 버릇은 동서고금이 비슷한 것 같다. 미국에서도 마찬가지인데, 역대 대통령 중에서 유일한 예외가 딱 한 사람 있었다고 한다. 누구일까? 조지 워싱턴이다. 금방 그 이유를 떠올리지 못하는 분을 위해 그야말로 사족蛇足을 붙이자면, 그는 초대 대통령이었기 때문이다.

《지도자들의 유머》라는 책에서 읽은 이야기다. 일본의 유명한 영어 동시통역사인 무라마쓰村松增美라는 분이 쓴 체험적 유머집인데, 이 책을 출판한 사이마루 출판사는 나의 《한국의 정치재판》 일본어판을 간행한 출판사이기도 하다.

이 책 출판기념회에 참석하기 위해 일본에 갔을 때 사이마루 출판사 다무라田村勝夫 사장이 무라마쓰 선생의 그 책을 주었다. 그는 일본의 역대 총리와 미국 등 열강의 국가원수들의 통역을 도맡다시피 한 거물급 통역사였다. 그래서인지 일본은 물론 전 세계를 무대로 한 통역 현장에서 얻은 풍성한 체험담이 유머러스하게 펼쳐져 있다.

영국의 엘리자베스 여왕이 미국을 방문했을 때의 해프닝.

백악관에서 환영 행사가 열렸는데 텍사스 출신의 장신長身 부시 대통령이 연설을 하고 난 뒤 엘리자베스 여왕이 단상의 마이크 앞에 서게 되었다. 그때 여왕이 올라설 받침대를 현장 직원이 깜박하는 바람에 여왕은 보통 키 그대로 마이크 앞에 서야 했다. 탁자 위에 설치된 수십 개의 마이크에 가려서 여왕의 얼굴은 제대로 보이지 않고 모자만 보였다.

그런데 다음 날 여왕이 미국 연방의회에서 연설할 때는 발밑에 받침대가 미리 놓여 있어 단상에 오르자 시야가 확 트였다. 여왕은 이렇게 연설을 시작했다.

"여러분, 오늘은 제가 잘 보이시지요? (I hope you can all see me from where you are.)"

무라마쓰 씨는, 여왕이 만일 "Today, I can see you better. (오늘은 여러분이 잘 보입니다)"라고 말했더라면, 듣는 사람들에게 주는 느낌은 달랐을 것이라며 이렇게 풀이했다. 그런 표현은 어제는 받침대를 놓아 주지 않아서 내가 안 보였다고, 마치 누구를 원망하는 말로 들리기 쉬웠다. 그런데 "여러분, 제가 잘 보이시지요?"라고 말함으로써 전날 자기가 잘 보이지 않은 것을 자신의 키 탓으로 돌리는 겸손을 보였던 것이다. 이것은 매우 수준 높은 유머였고, 그 자리에서 14초 동안(나중에 비디오에서 측정)이나 박수가 계속되었다고 한다.

남성 잡지로 유명한 《플레이보이》는 나체 사진으로만 평판이나 있지만, 실은 격조 있는 인터뷰 기사로도 알려져 있었다. 미국 지미 카터 대통령이 후보 시절 그 잡지의 인터뷰 요청을 받아들였다. 남부의 보수파라는 이미지를 씻어내고 북부의 인텔리와 진보파 그리고 젊은층의 호감을 얻기 위해서였다. 그래서 인터뷰를 끝내고 돌아가는 기자를 현관까지 배웅하면서 묻지도 않은 말을 하고 말았다.

　"나도 목석은 아니니까 아름다운 여성을 보면 마음이 설렌 적이 있지요. 하느님께서도 그것을 아시고 용서해 주실 것으로 믿어요."

　괜스레 주책없는 말을 한 것이 화근이 되었을까, 《플레이보이》 인터뷰 기사 제목은 이러했다.

　'카터 씨, 마음으로 간음을 하다.'

　흐루쇼프가 지배하던 옛 소련에서 있었던 이야기도 나온다. 엄동설한에 먹을 것도 없는 한 실업자가 경범죄라도 저질러 몇 달 동안 유치장에 들어가 월동을 하려고 꾀를 냈다. 그는 붉은 광장에 서서 "흐루쇼프는 멍텅구리다"라고 세 번 외쳤다. 그리고 소원대로 끌려가서 재판을 받게 되었는데, 뜻밖에도 '시베리아행, 종신형'이었다. 그는 이의를 제기했다.

　"국가원수모독죄는 금고 6개월 아닙니까?"

　그러자 재판장이 말했다.

"너의 죄는 국가기밀누설죄다."

레이건 대통령의 유머도 정평이 나 있다. 그가 백악관 근처에서 괴한으로부터 권총 사격을 받고 황급히 입원했다. 다행히 의식은 있었다. 그 상황에서도 레이건은 수술대 주위를 둘러싸고 있는 간호사들을 향해 윙크와 함께 이렇게 한마디 날렸다.

"Does Nancy know this? (우리 집사람이 내가 이런 미인들에게 둘러싸여 있는 것을 알고 있는가?)"

이어서 수술을 맡은 외과 주치의가 "대통령 각하, 주치의입니다. 지금 수술을 시작하겠습니다"라고 했다. 레이건은 의사들을 주욱 둘러보고 나더니, "여러분은 모두 공화당원이 맞지요?" 정적이라 할 민주당원이라면 마음놓고 몸을 맡기기가 어렵지 않느냐는 조크가 묻어 있었다. 주치의도 이에 화답했다.

"오늘은 저희 모두 공화당원입니다. 안심하십시오."

'오바마' 건배사

2010년 11월 서울에서 열린 G20 정상회의는 정상급 수준에
는 어울리지 않는 낙수落穗 내지 화젯거리를 남겼다. 청사초롱
이 그려진 행사 포스터에 쥐를 그려 넣었대서 화가를 잡아넣
으려고 구속영장까지 신청했던 일이 그 하나다. 쥐를 그린 것
이 무슨 죄일까 의아해하던 터에, 그것은 재물손괴죄(포스터의
효용을 해친?)에 해당된다는 당국자의 탁월한(?) 견해까지 나왔다.

미국 대통령 '오바마'가 건배사에서 각광을 받은 해프닝도 빼
놓을 수 없다. 대한적십자사 부총재가 남북이산가족 상봉단장
으로 금강산으로 떠나기 전날 저녁 강원도 속초의 한 식당에서
상봉단 지원 인력과 기자단이 합석한 만찬에서 건배사를 했다.
이미 알려진 대로 '오바마'의 이름자를 머리에 얹은 걸작이었다.
"오-오빠, 바-바라만 보지 말고, 마-마음대로 해."
파장은 의외로 컸고 마무리는 신속했다. 즉 기자단의 문제 제
기→본인 및 대한적십자사 총재의 사과→언론 보도→본인의
사표 제출→대한적십자사의 즉각 수리, 이런 수순이었다.

식사 자리에서 술잔을 들고서 하는 건배사라도 보통의 경우라면 그냥 재미있다며 웃고 넘어갈 수도 있는 우스개였는데 '성희롱'이라는 호된 질타를 받았다. 물론 그의 신분과 시점 그리고 장소에 비추어 일반인들의 사적인 자리와는 달리 보아야 하겠지만, 건배사 한마디에 대한적십자사 부총재라는 만만찮은 목이 달아났으니 예사롭지가 않았다.

거기엔 G20을 앞두고 미국 대통령에 대한 과민한 결례의식(?)과, 고위층의 도덕적 불감증에 대한 비난 여론의 긴급 차단이라는 정치적 계산이 끼어들지 않았을까 하는 생각이 들었다.

그것을 '건배사의 정치적 결말'이라고 한다면, 또 다른 정치적 함의含意가 있는 '오바마' 성어成語를 소개하겠다. 문제의 정상회의가 열리던 날, 한 일간지 그림판에 이런 '오바마 타령'이 실렸다.

"오셨어요? 바라시는 대로, 마구 양보할게요."

FTA 가방을 들고 환하게 웃으며 걸어오는 오바마에게 이명박 대통령이 꽃다발을 주면서 하는 대사였다. 수준급의 만평 만화에 미소가 떠올랐다.

만일 나보고 백일장식 즉석 글짓기를 하라고 하면, "오직 바른 마음으로!" 이 한마디를 던지고 싶다. 대한적십자사 부총재 건배사의 부적절성을 부인하지 않으면서도 그것이 혹시 오늘의 지배층의 의식 수준과 건배사에까지 미치는 편협의 일면은 아닐까 되짚어 본다.

나는 지난해 송년 모임 때 진짜 '성행위' 건배사를 듣고 손뼉을 친 적이 있다. 이름을 대면 누구나 알 만한 분의 입에서 "나는 성행위 건배사를 하겠습니다"라는 말이 나와 좌중을 놀라게 했다. 그분이 잔을 들고 한 건배 제의는 이러했다.

"성공과 행복을 위하여 건배!"

'성행위'도 이처럼 근사한 건배사가 되고 격조가 있어서 그 자리의 즐거움을 더해 주었다.

이제 성적 담론이나 장난도 자칫 액운의 씨앗이 될 수 있는 세상이다. 성희롱은 말할 나위도 없다.

언젠가 '성희롱 예방 교육'을 받으러 오라는 '알림'이 사무실 인터넷 내부 통신에 떠 있었다. 설마 나보고 하는 소리는 아니겠지 생각하면서도, 그렇다고 교육 면제 대상도 아닌가 보다 싶어 웃음이 나왔다. 교육을 통해서 성희롱을 막는다는 발상도 참 희한하고 궁색한 대책임에 틀림없다. 성희롱의 심각성이나 폐단을 몰라서 하는 말이 아니다. 더구나 그 피해자 된 사람의 입장을 생각하면 무슨 대책이든 있기는 있어야 한다는 데 누가 반대하겠는가?

그런데 그런 풍조가 사회 지도층이나 직장 상사의 우월적 지위와 무관하지 않다는 점에 화살이 꽂힐 때가 있다. 실제로 그렇게 볼 만한 사례가 언론에 오르내린 것만 해도 부지기수다. 그런 '사건'이 알려질 적마다 언론과 여론에서는 "이럴 수가 있느냐"고 격분의 목소리가 나온다. 그런 분위기 속에서는 "사람 사는 세상에서 남녀 간의 성적 농담이나 장난기조차 불문곡직하고 죄악시하는 것은 지나친 일 아닌가?"라는 의견은 자라목이 되고 만다.

성적 언어 유희는 (그것이 강압이나 위세에 의한 것이 아니라면) 자연스럽고도 해학적일 수 있어서 더러는 즐겁고 화기를 돋워 주기까지 한다. 그러니 물리적 희롱 아닌 언어적 희롱까지 범죄시하려는 갑작스런 도덕사회화에 적응하지 못하는 사람도 나올 수 있다.

직장에서 지속적인 성추행을 당하다 못해 경찰에 신고한 여인에게 경찰관이 했다는 한마디가 "그깟 엉덩이 한번 대주면 어때서 그러느냐"였다니까.

심지어 성추행을 조사해야 할 경찰관도 이러하니, 나보고도 받으라는 성희롱 예방 교육을 정작 받아야 할 사람들은 따로 있는 것이 아닐까?

제4부

사람 안에서 나오는 것

건망증과 치매

건망증을 자랑처럼 내세우는 사람이 있는가 하면, 치매를 자처하며 한탄하는 사람도 드물지 않다. 치매와 건망증은 어떻게 다른가. 그 식별법을 누구한테선가 들었는데, 정말 건망증 탓인지 그의 이름이 생각나지 않는다.

약속을 해놓고 나오지 않은 사람이 나중에 '아차' 하면서 미안해하면 건망증이지만, "내가 언제 그런 약속을 했느냐"고 대들면 그것은 치매라고 한다.

이름난 심리학 교수 한 분이 '기억력 증진법'에 관한 특강을 했다. 강연장은 만원사례였고, 열강에 귀를 기울이는 모습들이 자못 진지했다. 강의를 끝낸 교수는 뜨거운 박수 소리를 뒤로하고 강의실을 나갔다.

그런데 금방 다시 강의실로 들어왔다. 의아하게 여긴 수강생들이 무슨 일이냐고 물으니, 그 교수는 순간 당혹스런 표정으로 이렇게 대답했다.

"깜박 잊고 가방을 놓고 나갔어요….."

현대인의 건망증을 상징하는 이런 이야기도 있다.

택시를 타고 가던 한 아주머니가 잠시 혼미해져서 운전기사에게 물었다.

"아저씨, 내가 어디로 가자고 했지요?"

그러자 운전기사 입에서 떨어진 말,

"어, 아줌마 언제 탔어요?"

독일 태생의 유명한 작곡가 바흐는 웬만한 일은 아내에게 일임하고 나서지 않았다. 그만큼 아내가 살림을 잘 꾸려 나갔기 때문이다. 월말에 들어오는 각종 청구서도 으레 "집사람에게 말하시오" 하고 넘기면 끝이었다.

그런데 바흐가 외지에 나가 있는 동안 아내가 갑자기 세상을 떠나 장례식이 끝난 뒤에야 그는 돌아왔다. 슬픔에 잠겨 멍하니 있는데 장의사가 와서 계산서를 내밀었다. 이때 바흐는 서슴지 않고 말했다.

"우리 집사람에게 물어보시오."

지식인이나 정치인의 '정신 나간 소리'는 듣는 이를 당혹스럽게도 하고 분개하게도 한다. 자기의 행실, 자기의 글과 말에 배치되는 언동을 그들은 예사롭게 해낸다. 앞서의 식별법에 따른다면 "아, 참" 정도의 건망증이 아니라 "내가 언제?" 식의 치매가 대유행이다.

따지고 보면 보통의 건망증이나 치매는 각자의 불가항력 내지 과실로 말미암아 생기는 것이지만, 정치인들의 딴소리는 계산된 고의에 의한 경우가 많다.

치매 교정 광고가 더러 눈에 띄는데, 그런 의학적 방식으로는 어떻게 할 수 없는 것이 정치인의 치매 증세다. 여의도 같은 곳에 '정치인 치매교정센터'라도 생겼으면 좋겠다.

'기부' 어원 연구

사회복지공동모금회는 아마도 우리나라에서 가장 규모가 크고 모범적으로 운영되는 모금사업 단체가 아닌가 한다. 아직도 기부문화가 꽃피기 전이라서 어려움이 적지 않지만, 그만큼 보람도 크다.

회장인 나로서는 매사에 그러하듯이 모금사업도 좀 즐거운 마음으로 하고 싶었다. 아니, 실제로 즐거운 일이 찾아오기도 했다. 연말연시 모금 캠페인을 앞둔 이런저런 행사에서 홍보대사인 채시라 씨와 함께하는 시간도 있었고, 공동모금회 초청으로 기부자를 위한 콘서트를 위해 귀국한 소프라노 신영옥 씨와 친분도 트게 되었다.

세계적인 프로골퍼 박세리 선수도 2억 원의 성금 전달 행사를 할 때 만날 기회가 있었다. 나는 그에게 감사하면서 몇 마디 덕담을 했다.

"황천에 간 세 사람에게 염라대왕이 물었습니다. 다시 환생하여 이승으로 돌아간다면 무엇이 되고 싶으냐, 이 질문에 첫 번째 사람은 왕이 되고 싶다고 했고, 두 번째는 스타가 되고 싶다고 했습니다. 세 번째 사람은 욕심이 과했던지 왕과 스타, 두 가지 다 되고 싶다고 했습니다. 세 사람은 모두 환생하여 소원대로 각기 스타가 되고 왕이 되었는데, 그럼 세 번째 사람은 무엇이 되었을까요? '스타킹'이 되었다고 합니다. 진짜 스타이자 동시에 킹(여왕이니까 퀸?)이 된 분이 바로 옆에 있는 한국의 자랑 박세리 선수입니다."

이렇게 소개를 한 후 이어서 '주기도문' 패러디─.

"기독교에서 외우는 '주기도문'에 '우리를 시험에 들지 말게 하옵시고, 다만 악에서 구하옵소서'라는 대목이 있는데, 이것을 패러디해서 축복을 하겠습니다. 박세리 선수, 올해는 제발 공이 벙커에 들어가지 말게 하옵시고, 다만 홀(컵)에 바짝 붙게 하옵소서."

그리고 올해 나의 연하장에 쓴 '화위귀和爲貴'라는 글씨를 새긴 미루나무 붓통을 답례품으로 건네며 이렇게 당부했다.

"여기에 음각陰刻되어 있는 한문은 '화목(또는 화합)이 소중하다'는 뜻입니다. 아무쪼록 드라이버와 화목하고, 아이언과 화목하고, 퍼터와 화목하여 다승왕이 되시기를 바랍니다."

'기부'의 어원 연구(?)도 모금사업 명랑화에 일조를 했다.

"기부란 말의 영어 donation은 한국어의 '돈 내쇼'에서 나와 '돈네이숑─도네이션'으로 진화했습니다. 그러니 도네이션의 어원국(?)답게 기부문화 창달에 모두 참여합시다."

내 학설(?)에 고건高建 전 서울시장이 수정 의견을 냈다. '도네이션'은 영국식 발음이고, '더 내쇼—더네이션'이 맞다는 것. 나보다 학벌과 실력이 뛰어나니까 그의 말이 맞는가 보다 하고 다른 데 가서 써먹었더니, 그도 아니라는 이설이 나왔다. 영어에서 'o'는 모두 '아'로 발음하니까 '다 내쇼—다네이션'이 맞다는 것이었다.

결국 총정리를 하자면 돈 내쇼—더 내쇼—다 내쇼로 욕심이 업그레이드된 셈이다. 나는 "다 내쇼는 예의가 아니고, 더 내쇼 정도로 권면하오니…" 운운하며 명랑 모금의 분위기를 잡곤 했다.

모금에 도움이 되는 일이라면 어찌 기부자에 대한 간청이나 감사나 덕담뿐이겠는가. 기부액과 기부자의 이름(대개 기업 명칭)이 적힌 보드를 함께 들고 기부자 측(오너나 CEO 등)과 나란히 사진도 찍고, 백화점 성탄절 점등식에도 나갔다. 태풍 수재민에게 김치 30톤을 보내 주겠다는 외국 기업의 김치 담그기 퍼포먼스에도 나가 카메라 앞에서 서툰 연기를 했는가 하면, 장애 어린이들과 함께 서서 종을 울리는 공익 광고 모델도 했다.

이처럼 내가 이웃돕기 모금단체의 책임자가 되어 '광대' 노릇을 하다니, 토정비결에도 없는 배역이지만 감사한 마음으로 성심을 다해야지.

청첩장에 대한 세 가지 학설

언젠가 검찰총장 후보자에 대한 국회 청문회에서 결혼식장 숨기기가 화제가 되었다. '작은 교외(교회가 아님)'에서 치렀다는 아들 결혼식이, 알고 보니 6성급 호텔 워커힐 별관 앞의 그림 같은 잔디밭이었다는 것이다. '작은 교외'라는 묘한 표현 속에 숨겨져 있는 '거짓말로 둘러대기'가 검찰총장 후보로서의 도덕성에 상처를 주었다. 예식 장소가 문제였다기보다는 그것을 감추려는 거짓말이 화근이었다.

1960년대 중반쯤의 이야긴데, 서울에 근무하는 검사가 결혼식 청첩장을 남발하여 문제가 되었다. 검사 업무와 관련 있는 기관과 공직자들에게 요샛말로 '묻지마' 식으로 청첩장을 마구 보낸 사실이 검찰 상부에도 알려졌던 것이다.

문제의 검사는 상사(검사장?)에게 불려가서 질책을 받았다. 상사의 지적은 이러했다.

"그 많은 청첩장을 왜 일일이 우송했나요? 비행기나 헬리콥터를 타고 하늘에서 뿌리면 될 것을…."

결혼식 청첩장의 성격을 놓고 학설(?)이 나뉘는데, 고지서설과 식권설 그리고 복합설이 그것이다. 이런 세 가지 설을 놓고 여러 사람에게 물어본 결과는 고지서설이 압도적이었다. 축의금을 받지 않는 경우에만 식권설이 타당하며, 관례로 본다면 복합설이 무난하다는 것이었다.

청첩장을 받는 입장에서는 아무래도 축의금을 생각하게 된다. 그래서 봉투라도 내고 와야지, 하는 심정으로 예식 장소로 향하는 경우가 대부분이다.

그러나 이 세 가지만으로 청첩의 성격을 한정하는 것은 옳지 않다. 경사스런 자리를 빛내 주기 바라는 혼주의 희망과 그에 화답하고자 식장으로 가는 하객의 심정이 오히려 일반적일 수 있기 때문이다.

그래서 결혼식 하객을 대별하자면, '접수 하객'과 '입장 하객'으로 나누어 볼 수 있는데, 축의금 봉투를 내고 방명록에 이름을 올린 뒤 곧장 예식장을 떠나는 사람이 접수 하객이다. 예식장 접수대 근처는 북적거리는데 식장 안에 빈자리가 많은 것은 말하자면 입장 하객이 적기 때문이다. 접수파가 체면치레라면 입장파야말로 진정한 하객이다.

우리는 과연 어느 쪽으로 분류되어야 할 것인지, 각자 생각해 볼 일이다.

기억에 남는 주례사

결혼식장에 들어가 좌정한 하객 중에도 바쁜 일이 있어서 부득이 도중에 '조퇴'하는 수도 물론 있다. 예상보다 예식이 길어지면 부득이 실례를 하기도 하는데, 그중에서도 주례사가 엿가락처럼 길어질 때는 참 답답하다.

주례사를 잘하는 것 못지않게 짧게 하는 사람이 환영을 받는다. 틀에 박힌 주례사 말고, 좀 더 새롭고 참신한 말씀이 나오면 더욱 좋다. 희한한 주례사는 오래 기억에 남는다.

당시 모 대통령 후보가 아들의 병역 문제로 큰 곤혹을 치르고 있을 때, 어느 결혼식에 갔다가 이런 주례사를 들은 적이 있다.

"신랑의 아버지 아무개 선생은 일찍이 무슨 명문대학 출신으로서 병역을 필하였으며…, 신랑 아무개 군은 무슨 대학을 우수한 성적으로 나온 후 역시 병역을 필하였으며…."

병역을 언급하는 것은 당시 사회적 관심사에 휩쓸린 탓이라 할지라도, 신랑 본인도 아닌 아버지의 병역까지 들먹이다니, 시류 영합이 지나치다 싶었다.

요즘 주례들은 주례사를 지루하지 않게 시간을 잘 조절하는 편이다. 자칫 긴 말씀을 하기 쉬운 목사님들도 달라졌다. 그중 으뜸이라 할 모범 사례를 소개하면 이러하다.

교회 장로로 있는 집안 아우가 아들 장가를 보낸다기에 상계 동에 있는 한 교회를 찾아갔다. 물론 주례는 목사님이기에 만일 말씀이 길어지면 '인내력 양성'의 기회로 삼자고 미리 마음을 정 하고 자리에 앉아 있는데, 그게 아니었다. 말씀이 짧았다. 그런 데 축가를 두 팀이 하는 바람에 시간이 약간 길어졌다.

축가가 끝나자 목사님은 이렇게 말했다.

"예정보다 1분이 초과하였으므로 순서지에 있는 찬송가는 여 러분 각자 집에 돌아가서 부르는 것으로 하고, 다음엔 임 아무 개 목사님 나오셔서 축도를 해 주시기 바랍니다."

신선하다 못해 강타를 당한 느낌이었다. 돌아오는 발걸음이 경쾌했고, 그날 종일 기분이 산뜻했다.

내 경험도 하나 이야기해야겠다. 고등학교 후배의 딸 결혼식 주례를 맡았는데, 신부가 미국 유학 중에 만난 신랑은 중국 청 년이었다. 서울에서 열리는 결혼식에 중국에서 신랑의 부모도 오기로 되어 있었다. 그런데 예식 진행이나 혼인서약, 성혼선 언, 주례사 등을 그 중국인이 알아들을 수 없을 테니, 아마도 그 들은 대사를 못 알아듣는 외국 영화를 보듯 짐작만으로 결혼식 장면을 지켜볼 것이다.

그래서 생각해 낸 것이 중국어 통역의 도움을 받는 방식이었다. 내가 실업자가 되어 출판사를 운영할 때 함께 일했던 한 여성이 그 후 중국어를 가르치는 교수가 되었는데, 그가 내 부탁을 받아들여 결혼식 통역 자원봉사를 쾌락하였다. 그의 유창한 중국어 실력으로 혼례 전 과정이 중국어로 통역되어 신랑과 그 부모는 물론 신부 측 혼주도 크게 기뻐했다. 전혀 예상하지 못한 통역 서비스에 거듭 감사하다는 인사를 하는 데는 나도 매우 흡족했다.

그리고 얼마 전 법조계의 한 후배가 처음 주례를 맡게 되었다면서, 주례사를 어떻게 하면 잘할 수 있느냐고 물었다. 나는 즉석에서 그 요령을 말해 주었다.

"간단합니다. 지금까지 자신이 살아오면서 행동한 것과 정반대되는 말만 늘어놓으면 좋은 주례사가 됩니다."

'하라는 대로'와 '하는 대로'

　장수촌에 오랜만에 초상이 났다. 장수촌인데 누가 죽었을까? 이 수수께끼에 대한 정답은 모두 아는 대로 '의사'다. 환자(수입)가 없어서 굶어 죽었다는 것. 물론 의사가 굶어 죽을 만큼 무병장수할 수는 없다. 의사도 병에 걸리고 더러는 젊은 나이에 단명으로 끝나는 사례를 보면, 하나의 아이러니 같기도 하다.

　남의 병을 고쳐 주어야 할 의사가 자기 병도 모르고 있거나 고치지 못하는 실례는 그것을 무슨 흉보듯이 말할 일은 아니다. 더구나 나처럼 남의 억울함을 밝히고 구속자도 풀어 주어야 할 변호사이면서 자신이 두 번이나 감옥에 간 사람은 발언권이 없다.

　일본 사람 중에 내가 감옥살이 한 것을 두고 그럴 수가 있느냐고 놀라는 이들이 있었다. 나는, 감옥—우리檻가 일본말로는 로야牢屋인 점에 착안하여, "로야 lawyer가 로야에 들어간 것은 너무도 당연하지 않은가"라고 응수 아닌 응수를 했다.

　바로 이 '로야'에 들어갔다 나온 로야를 따뜻하게 보살피고 건강을 지켜 준 의사 한 분이 계셨다. 그분은 술·담배의 해독을 경고하면서, 특히 그것들이 암의 유발 원인이 되기 쉽다는 경고를 하곤 했다. 그러면서도 "같은 술이라도 의사와 함께 마시면 약이 된다"며 '파계'의 유혹을 했다.

의사들은 과음이나 흡연의 해독에 대해서 의학적으로 경고를 한다. 특히 담배를 끊어야 한다고 귀가 아프도록 역설한다. 그러나 정작 자신은 그것을 실천하지 않는 사람도 적지 않다. 담배의 해독을 경고하면서 금연 방송을 마치고 나온 한 의사가 이런 말을 했다던가.

"아이고, 담배 참느라 혼났네…."

서울 원자력병원이라면 암치료 시설로 잘 알려져 있는데, 수필이나 칼럼을 많이 쓰는 R박사가 전에 그 원장으로 계셨다. 그런데 이분이 암환자로 밝혀져 사람들을 놀라게 하였다. 더욱 뜻밖이었던 것은, 그분은 병이 판명된 뒤에도 술과 담배를 끊지 않고 계속 즐겼다는 사실이다. 자신이 의사라서 어차피 치료가 어렵다는 것을 알고 있었기 때문일까?

의사들이 술과 담배를 하는 것은 그들의 직업 정서상 (특히 외과 의사의 경우) 충분히 이해할 수도 있지만, 금연의 전도사여야 할 본분과 맞지 않는 것으로 보인다.

얼마 전 국립암센터에 특강을 하러 갔다가 폐암 수술을 받은 한 원로 의사 이야기가 나왔다. 그곳 병원장은 웃으면서 이런 말을 했다.

"의사가 하라는 대로 하되, 의사가 하는 대로는 하지 말라는 말이 있습니다."

이 함축미 있는 명언에 의사 대신 변호사를 대입해 보았다.

"변호사가 하라는 대로 하되, 변호사가 하는 대로는 하지 마시오."

아니, 변호사가 하라는 대로 해서도 안 될 경우가 적지 않다고 볼 때, 법조인의 이중성이 의사의 그것보다 가볍지 않음을 깨닫게 된다.

'악덕 변호사'란 말이 언론에 회자되고 사람들의 입방아에 오르내리는 일도 흔해졌다. 과도한 보수를 받아내거나 의뢰인(당사자)에게 가야 할 돈을 가로채거나 그 밖의 여러 방법으로 의뢰인을 괴롭히는 변호사가 적지 않은 모양이다.

'하라는 대로'와 '하는 대로'의 차이가 의사의 경우보다 훨씬 큰 것이 변호사의 세계라면 이 아니 부끄러운 일인가. 하물며 정치인의 경우는 더 말해서 무엇하랴.

고장난 인과율

삭풍이 휘몰아치던 2월 어느 날, 소년절도사건 국선 변호를 맡은 나는 제법 정성껏 법정 변론을 하고 나왔다. 아직 부모의 그늘에서 곱게 자라야 할 나이에 남의 물건을 훔쳤다는 것은 그들을 포용해야 할 성인들의 허물이요 사회의 책임이지, 저들에게 형벌을 과해야 될 이유가 되겠느냐는 예의 상식론에다 얼마쯤 정상론을 곁들여 관대한 처분을 역설했다. 그러자 피고인석의 10대들은 손등으로 눈물을 씻고 있었다.

하필이면 그날 밤, 아니 정확히 말해서 다음 날 새벽 조용히 우리 집을 방문한 양상군자梁上君子는 가족들의 안면을 방해하는 실례를 범하지 않고 안방에 있던 TV를 모셔 내갔다.

아까움이나 서운함보다는 전송의 기회마저 사양한 그들의 묘기에 그저 감탄했다. 시무룩한 아이들을 달래 놓고 출근한 다음 날, 그날도 무슨 기연인지 소년절도범들에 대한 국선 사건 공판이 있었다.

변호인석에 앉은 나는 인생사의 아이러니를 느끼면서 실소를 감추려고 애썼다. 하루아침에 절도 피고인이 증오 일색으로 보이지 않은 것만은 천만다행이었다. 그렇다고 내가 무슨 미리엘 주교의 아류도 아니고 도둑 옹호론자는 더욱 아니다. 성자연하는 위선보다는 분노하는 평범을 따르고자 하는 사람이다.

단지 하나, 생활 아닌 생존 그 자체의 한계선을 헤매는 절박한 인간, 그들이 저지른 반규범적 행동을 규탄할 만한 용기가 없을 뿐이다.

우리가 정말 미워해야 할 도둑은 형법상의 죄명이 붙은 초라한 절도범이라기보다 국리國利를 훔쳐 제 배를 불리는 공도公盜들이 아닐까? 권력과 시류에 편승하여 법 위에 군림하면서 법망쯤은 거미줄로 여기는 족속들이야말로 진짜 도둑이란 말이다. 그네들은 소시민의 가재 하나쯤 훔친 것과는 비교도 안 될 엄청난 재물로 영화를 누리고 있는 것이다.

적게 훔친 자는 감방을 드나들고 많이 훔친 자는 호텔을 드나든다. 사도私盜는 어김없이 전과자가 되는데 '공도'는 출세를 하고 사장이 된다.

이와 같은 인과율의 고장이 나 혼자만의 오진이며 착각이기를 몇 번이고 빌어 본다.

시간의 완급

우리는 매사에 조급하다. 일상적인 일에서 예를 들더라도, 엘리베이터 문이 닫히기를 기다리지 못하고 타자마자 단추를 누른다.

우리는 식사도 대부분 속전속결이다. 식당에 가서 주문해 놓고 조금만 시간이 걸려도 재촉이 빗발치고, 음식이 나오면 일사천리다.

외국 사람들의 풍속은 우리와 다른 모양이다. 식사 시간을 길게 잡고 즐기면서 먹는다. 스페인에서는 보통 두세 시간쯤 걸린다고 한다. "스페인 사람과 함께 식사를 하고 나면 곧 배가 고프다"는 말까지 있다. 참 태평하고 느긋하다.

성급한 것과 부지런한 것은 물론 다르지만 때로는 분간하기 어려운 경우도 있다. 장기적 안목과 게으름도 서로 같을 수가 없다.

서양의 건축물들, 특히 성당 중에는 100년도 넘게 걸려 지었다는 곳이 있는가 하면, 1882년에 착공된 바르셀로나의 성가족

교회는 아직도 공사중이며, 앞으로도 100년이 걸릴지 200년이 걸릴지 모른다고 한다.

그러한 공사기간은 공정工程과 기술적인 이유 때문이기도 하겠지만, 그보다 그쪽 사람들의 마음의 넉넉함을 잘 나타내 준다.

물론 옛날엔 요즘 같은 운반수단, 자재, 기계가 없었으니 공정도 늦을 수밖에 없었으리라. 또한 성당의 건립, 봉헌이 갖는 종교적 의미가 지금 세상의 실용 위주의 건설 공사와 다르다는 일면도 인정해야 한다.

그럼에도 우리가 배울 점은 여전히 남아 있다. 우선 입안과 착공의 명령자(정치적 또는 종교적 권력자)들이 자기 대代에서 부리나케 완공하고 준공 테이프를 제 손으로 끊어야겠다는 공명심리를 억제한 점이다. 그의 계승자들도 마찬가지다. 그들이 졸속을 무릅쓴 목전의 타산에서 초연하여 일을 도모했다는 점은 본받을 만하다.

그렇다고 해야 할 일을 제대로 하지 않거나 오히려 딴짓을 하면서 시일만 끄는 한국 정치인들이 도리어 국민들 보고 너무 성급해하지 말라고 하는 것은 전혀 이치에 맞지 않는다. 그들은 나랏일의 우선순위와 완급緩急을 뒤바꾸어 놓고 딴소리를 하고 있을 뿐이다. 보기例證를 왜곡해서 써먹는 사람들을 경계할 필요가 있다.

소금은 쉬지 않는다

어느 목사님 말씀이다.

"예수 믿는 사람은 짜다고 하는데 그게 무에 나쁩니까? 예수님께서 무리들에게 '너희는 세상의 소금이라'고 하시지 않았습니까?"

사람이 짜게 먹는 것도 사람으로서의 소금맛을 잃고 싱거워지는 것을 방지하려는 체질적 욕구인 듯도 하다.

스페인이나 포르투갈의 음식은 유난히 짜다. 포르투갈의 대표적인 민요 '파두fado'를 듣기 위해 찾아간 식당의 음식도 예외가 아니었다. 양고기 · 감자 · 캐비지 수프—모두 소태와 자매결연이라도 한 듯싶었다.

조금 먹다 말고 우두커니 있으니 그 집 종업원이 다가와 까닭을 묻더니, 그럼 '서비스'로 오징어 요리를 싱겁게 해 오겠다고 인심을 발휘하는 듯했다. 그러나 그것도 짜기는 마찬가지여서 후식으로 과일을 주문하며 간곡히 당부했다.

"제발 과일에는 소금을 넣지 마시오."

마드리드에는 보댕bodin이라는 유명한 식당이 있다. 세계에서 가장 오래된 식당으로 기네스북에도 올라 있다고 한다. 그 집 음식은 서양요리치고는 맛있는 편이었지만, 짜기로는 옆 나라 음식과 우열을 가리기가 힘들었다.

그 까닭을 나는 기독교의 영향에서 찾아보려고 했다. 이베리아 반도의 이 두 나라는 주민의 90퍼센트 이상이 가톨릭 신자라고 한다. 그리고 성당의 건축, 조각, 미술 등이 압도적으로 가톨릭의 산물이거나 영향을 받았다고 한다. 그러니 예수의 가르침대로 열렬히 소금을 추구하는 것이라고 짐작되었다.

흔히 짜게 먹으면 건강에 해롭다고 하는데, 그렇다면 그네들의 건강은 한국인보다 훨씬 나빠야만 과학적(?)으로 맞는다.

사람이 싱거운 것은 짠 음식 못지않게 문제가 있다. 세상에는 그야말로 '맛을 잃은 소금'이 넘쳐나고 있다. 이미 제구실을 못하는 존재들이 겉모양만 내고 있는 꼴을 보아야 하니 답답하다. 그래도 우리에게 한 가닥 위로를 주는 말이 없는 것은 아니다.

"소금은 결코 쉬지 않는다."

그렇다. 소금은 스스로도 쉬지 않을 뿐더러 다른 물질이 쉬는 (산화·부패하는) 것을 막아 주기도 한다. 그래서 우리는 모두 소금이어야 하고, 그에 값하는 맛을 잃지 말아야 한다. 짠(인색한) 사람보다는 짠(소금 구실을 하는) 사람이 많아져야겠다.

사람 안에서 나오는 것

얼마 전 신문에 미국 역대 대통령들의 거짓말을 다룬 〈워싱턴 포스트〉의 기사가 소개된 적이 있다. 거기에는 제36대 존슨 대통령이 자기 고조할아버지의 주검을 대 인디언 전투에서의 전사로 조작했다는 이야기며, 부시 대통령이 이라크전 명분을 대량 살상 무기 은폐라고 해놓고 큰 곤혹을 치른다는 이야기도 나온다. 한국 역대 대통령들의 거짓말 시리즈를 싣는다면 양적으로나 질적으로 미국을 훨씬 능가할 것이 분명하다.

유학 중인 아버지를 따라 미국에 가서 유치원에 다니는 꼬마가 서울에 왔다. 유치원에 미국 친구가 있느냐고 물으니까, 두 명이 있는데 그중 한 아이는 거짓말쟁이여서 절교(?)를 했다는 것이다.

"그 애가 무슨 거짓말을 했는데?"

"글쎄, 자기가 공룡을 봤다고 하잖아. 아무도 못 본 공룡을 그 애가 어떻게 봐? 그리고 한국 노래를 들었다고 하는데, 한국에 와 보지도 않은 사람이 한국 노래를 어떻게 들을 수 있어?"

그 녀석 참 맹랑하다고 생각하면서 "공룡은 영화나 비디오나 인터넷에서 볼 수도 있고, 한국 노래도 방송이나 CD로 들을 수 있지 않아?"라고 반문했으나, 절대 그럴 수 없다고 했다.

거기에 한술 더 떠서 "앞으로 초등학교에 가서는 그 애와 한 반이 되지 않게 해 달라"고 하느님께 매일 기도까지 드린다는 것이었다.

그 미국 어린이의 말이 설령 거짓말이라 해도 남에게 피해를 주는 속임수는 아니다. 세상에는 참말로 가장하거나 순수로 포장한 거짓말이 얼마나 횡행하고 있는가. 개인 차원이 아니라 국가, 정의, 해방과 같은 공의公義의 세계에서 아주 고도의 계산으로 꾸며진 거짓말의 해악은 '공룡 이야기'와 비할 바가 아니다.

전 세계 양심수를 지원하는 국제앰네스티운동 역시 영국인들이 자기네 식민지 지배를 흐려놓기 위한 발상에서 시작되었으며, 과거 가해자인 식민 국가가 피해자인 피식민지 국가의 인권 문제를 돌봐준다는 아이러니도 짚어볼 만하다는 논의도 나왔다.

성경 말씀에 이런 대목이 있다.

"무엇이든지 밖에서 사람에게로 들어가는 것은 능히 사람을 더럽게 하지 못하되, 사람 안에서 나오는 것이 사람을 더럽게 하는 것이다."(마가복음 7:15)

'사람 안에서 나오는 것'은 무엇일까. 그것은 말이다. 욕하고 헐뜯고 거짓말하는 것이 입에서 나오는 악이다.

정치인들의 입에서 나오는 거짓말이야말로 악의 표본이나 다름없다. 정치도 재판도 따지고 보면 거짓말과의 싸움이다. 그런데 정치의 주역들이 오히려 거짓의 명수가 되어 뻔뻔스런 이중성을 즐기고 있으니 할 말이 없다. '역대 국회의원 거짓말 실록'을 연재하거나 책으로 낸다면 대박이 터질 것은 뻔하다.

오랜만에 만난 여자 친구끼리 별의별 이야기가 오갔다.

A : 얘, 너 담배 피니?

B : 아니.

A : 그럼 술은 마시냐?

B : 아니, 술도 안 미셔!

A : 그럼 남자친구와 연애는?

B : 아니, 그런 거 없어!

A : 그럼 너는 도대체 무슨 재미로 사니?

B : 거짓말 하는 재미로….

참, 이 세상엔 거짓말을 재미 삼아 하는 사람이 득실거릴 만큼 풍토가 달라졌다. 공룡을 봤다는 미국 어린이가 영화나 비디오에서 그 짐승을 보았으면 그냥 보았다고 할 만도 하지 않은가. 그러나 정치인들이나 고위층 인사의 거짓말은 그 자체가 '공룡'만큼이나 크고 무섭다. 실은 나도 공룡을 본 적은 없지만….

조코비치의 그 한마디

　5시간 53분, 세계 메이저 테니스 대회 결승 사상 최장 시간을 기록하면서 그야말로 혈투를 벌인 끝에 조코비치(세르비아)가 코트에 벌렁 누워 버렸다. 역시 그는 세계 1위 선수답게 호주 오픈 테니스 대회 우승컵을 안았다.

　그러나 거의 6시간이나 되는 매치타임이 말해 주듯 경기는 숨이 막힐 만큼 아슬아슬한 동점의 연속이었다. 세계 2위 나달(스페인)의 저돌과 패기 앞에 한때는 승자가 바뀌는 것이 아닌가도 싶었다. 세트 스코어 2:2에 마지막 5세트도 게임 스코어 5:5, 조코비치가 6:5로 앞서는 듯했지만 11번째 게임에서 밀리는 바람에 1점만 더 뺏기면 6:6이 되어 타이 브레이크에 몰릴 뻔했다.

　그러나 조코비치가 혼신의 힘을 다해 막판 위기를 벗어나 최후의 한 스트로크를 기세 좋게 성공시킴으로써 승패가 갈렸다. 비록 패장이 되긴 했지만 나달 역시 위대한 선수라는 것이 증명되고도 남았다.

여기서 내가 말하고 싶은 건 시상식에서 느낀 감동이다. 애석하게 진 나달은 준우승 트로피를 받아들고도 환하게 웃으며 인사말을 했다. 아쉬운 마음을 억누르고 의연한 표정을 짓는 것이 무척 대견스럽게 보였다. 우승자 조코비치는 기쁨을 억제하며 패자를 배려하는 말을 잊지 않았다. 그의 인사말 중에 이 대목이 내 마음에 쏙 들었다.

"우승자가 둘이 될 수 없다는 것이 매우 아쉽습니다."

비록 인사치레의 말이라고 해도 그 말은 얼마나 격조 있고 아름다운가? 운동선수의 입에서 그런 말을 처음 들었기에 독자 여러분에게 이 말을 꼭 알리고 싶었다. 우리가 이런저런 시상식에서 보면 틀에 박힌 관용어의 순열 조합으로 메꾸는 것이 보통인데, 그날의 조코비치는 스피치에서도 단연 세계 1위였다.

경기 중엔 두 선수 다 선심이나 주심의 판정에 이의challenge를 제기하기도 했다. 스포츠 경기에서 거의 절대적 권한을 갖고 있는 심판도 요즈음에는 영상과학에 밀리고 있다. 테니스에서는 영상으로 볼의 낙점을 재생해 보이는데, 육안의 시력에 의한 판정이 틀린 것으로 나오는 경우도 있다.

그러나 판정을 기계의 힘을 빌려 사후 검증하지 않는 경기에서는 오심의 시비가 크게 문제되기도 한다. 간혹 패자가 패배의 원인을 심판의 불공정에 돌리는 수도 있다. 실제로 애매한 경우가 더러 있는 것도 사실이다. 그래도 심판을 출장정지시키거나 징계를 하면 했지 판정은 번복하지 않는 경우도 있다.

야구 경기에서 그런 실례가 심심치 않게 발생한다. 투수가 던진 공이 스트라이크인지 볼인지는 주심의 선언에 달렸다. 한번 내린 판정은 아무리 선수나 감독이 항의를 해도 뒤집혀지지 않는다.

어느 날 지옥의 악마들이 천국 측에 야구 시합을 하자고 도전장을 냈다. 천국 측에서는 빙긋이 웃으면서 대답했다.

"너희들은 상대가 될 수 없다. 베이브 루스나 조 디마지오 같은 대선수가 천국에는 수두룩한 것 모르느냐?"

그러나 지옥 측은 물러서지 않고 맞받아쳤다.

"그게 무슨 걱정인가? 심판 전원이 우리 쪽에 있는데…."

하기는 스포츠 경기에 심판이 반드시 있어야 할 필요성은, 그래야 지고 나서 핑계 댈 곳이 있기 때문이라는 농담도 있다.

이런 희한하고 아름다운 실화도 소개해야겠다.

파리에서 데이비스컵 테니스 경기가 열렸을 적의 이야기다. 프랑스의 코세와 미국의 칠던의 대결이었다. 두 사람 다 자기 나라뿐 아니라 해외에도 널리 알려진 선수였다. 칠던의 맹렬한 서브가 아슬아슬하게 라인을 스쳤는데, 코세는 이 공을 받지 못했다. 그때 심판은 '아웃'을 선언했다. 코세로서는 다행스런 판정이었다.

그러나 코세는 뜻밖에도 "이번 공은 세이프인입니다" 하면서 공이 떨어진 지점을 가리켰다. 자기에게 유리한 판정에 이의를 제기함으로써 정정당당한 모습을 보였던 것이다. 그 다음에 코세가 서브를 넣자 칠던은 그 공을 일부러 라인 밖으로 쳐냄으로써 앞서의 빚(?)을 갚았다. (참 멋있고 아름다운 대목이긴 한데, 과연 선수가 자기에게 유리한 아웃에 대하여 이의를 제기한다고 해서 심판이 당초의 판정을 뒤집었을까 하는 의문은 남는다.)

승부욕에 이성을 잃기 쉬운 운동시합에서 그만큼의 페어플레이 정신 또는 신사도를 발휘했다는 것은 기억만 해도 흐뭇한 이야기가 아닐 수 없다.

스포츠 경기는 신체 운동에서 빚어지는 승부 이상으로 인생의 적나라한 내면을 압축해서 보여 주기도 한다. 앞서 본 '자기에게 유리한 판정에 대한 이의'는 어디까지나 예외적인 미담일 뿐이고, 대개는 승패에 몰입하다가 부딪치고, 싸우고, 항의하거나 화풀이를 한다. 가장 신사다운 운동이라는 테니스에서도 라켓으로 땅을 치거나 라켓을 집어던지거나 아예 부숴 버리는 예도 있다. 거기서 우리는 인간이 피할 수 없는 '감정운동'의 한 자락을 보면서 더러는 그 나상裸像에 미소를 보내기도 한다.

부패 방지엔 소금이

　내 머리의 함량에 어울리지 않게 여기저기 불려가 마이크 앞에 서 왔다. 그중에서 가장 마음 내키지 않는 것이 공무원 교육이었다. 그런데도 끝내 거절을 못하고 '부역' 잡히는 심정으로 단상에 오른 곳이 적지 않다. 법무부, 대검찰청, 국가정보원, 경찰청, 경찰대학, 중앙공무원교육원, 지방공무원교육원, 법원행정처 등이 먼저 생각난다.

　그 대부분이 무슨무슨 교육, 연수, 포럼, 특강 등의 이름이 붙었는데, 공무원들을 넓은 강당에 모아 놓고 정신교육을 한다는 공통점이 있다.

　저쪽에서는 대부분 '공무원의 사명과 윤리' 또는 '공무원의 자세와 책임' 등을 지정곡(?)으로 제시한다. 그러면 나는 "그런 거 누구나 다 아는 일인데, 내가 새삼스레 뭐라고 말하겠느냐?"고 비켜선다. "정 나가야 한다면 제목이라도 다른 표현으로 좀 바꿉시다." 이렇게 해서 내 수정안이 받아들여지는 수도 있지만, 그렇지 못한 경우도 있다.

법원행정처의 '부패 방지 특강'이 그 좋은 보기였다. 저쪽에서 온 공문에 '부패 방지 교육'이라는 제목이 붙어 있기에, 사법부의 명예나 이미지에도 맞지 않으니 제목을 조금 순화시키면 좋겠다고 했다. 담당 공무원은 난색을 보이며 법적 근거를 제시했다. 교육의 시행 근거가 '부패 방지 및 국민권익위원회 설치와 운영에 관한 법률'인 데다 거기에 '부패 방지 교육'이란 명문이 있다는 것이다. 과연 사법부다운 '준법정신'에 경탄했다.

나는 교육 아닌 강연을 하면서 첫머리에 이렇게 말했다.

"부패 방지를 어렵게 생각할 것이 없다. 간단하다. 소금 한 가마니면 족하다. 법원공무원법과 '법관 및 법원공무원 행동강령'을 준수하면 된다. 문제는 실천이다. 아무리 유식하고 그럴 듯한 말도 실천이 따르지 않으면 공허한 넋두리에 그친다. 오늘 강연은 소금과 실천, 이 두 마디로 족하다고 생각한다."

내가 모르는 이야기를 하기는 물론 어렵다. 또한 누구나 다 아는 공직자의 덕목인 친절, 성실, 공정, 청렴 등에 관한 이야기를 반복하는 것도 여간 힘들지가 않다.

여러 해 전 월간 《신동아》에 '최일남이 만난 사람'이라는 인터뷰 기사가 연재된 적이 있다. 한번은 바둑의 국수 조남철 선생을 만나야 할 처지가 되었는데, 최 선생은 바둑을 모르는 작가여서 애를 먹었다는 것. 그가 쓴 조남철 국수 인터뷰 기사의 첫 줄은 다음과 같은 네 글자로 시작되었다. '난감하다.'

누구나 다 아는 이야기를 새삼스럽게 거론하는 것은 진부하고 마음 내키지 않는다. 그래서 난감하기는 마찬가지다. 공무원 상대의 교육이나 강연이야말로 그런 의미에서 비인기 종목이다. 끝날 때의 박수는 내용이 좋아서가 아니라 그만 끝나서 좋다는 손바닥의 합창이다.

그래도 나는 뻔한 설교나 공허한 말잔치로 강연 시간을 메우기는 싫어서 재미있는 이야기 소재를 준비하곤 한다. 재미와 교훈을 아울러 담고 있는 판례도 쉽게 풀어서 소개하고, 향응을 받았다고 문제가 될 경우에는 그 자리의 계산 총액을 뇌물로 보았는데 판례가 바뀌어 본인이 먹은 양만큼만(그것이 분명치 않으면 동석자 수로 균분한 금액) 뇌물액으로 본다는 판례 변경도 소개한다. 액수가 많으면 가중처벌을 받을 위험이 있으니까, 실제 먹은 만큼만 이익으로 보는 새 판례는 피고인에게 유리하다. 뿐만이 아니다. 나는 식사 자리에서도 동석자들에게 권한다.

"너무 많이 먹지 마시오. 많이 먹다 걸리면 특가법입니다."

공무원의 책무를 미주알고주알 세분하고 나열해 놓은 온갖 법령, 규칙, 강령, 지침 등이 얼마나 실효가 있을까. 무슨 위반 행위에 대한 제재를 가할 때 처분의 근거로 등장시키는 정도가 아닐까.

여러 해 전 파리에 있는 유네스코 저작권부를 찾아가서 세계 저작권조약상의 개도국조항(개발도상국을 그 조약에 끌어들이기 위한 특례 규정)에 따라 조약에 가입한 나라가 있는지 그 전례를 알고 싶다고 했다. 겉치레와 달리 실효성이 없지 않느냐는 뜻이 담긴 질문이었다. 그 물음에 대한 저작권부장의 대답이 걸작이었다.

"뉴욕에 자유의 여신상이 있다고 해서 자유가 실현되는 것은 아니지 않느냐. 그 여신상은 어디까지나 이상과 희망, 지향점을 밝혀 주고 있을 뿐이다. 물으신 개도국 특례 조항도 그렇게 이해해 달라."

공무원의 윤리와 책임에 관한 법규 또한 미국의 자유의 여신상처럼 이상과 목표를 알리는 상징물로 보아야 하는가? 그래서는 안 된다고, 나는 역설한다.

김병로 초대 대법원장의 말씀도 인용한다.

"세상의 모든 권력과 금력과 인연 등이 우리들을 유혹하며, 우리들을 정궤正軌에서 일탈하도록 얼마나 많은 애를 쓰고 있는지 직시해야 합니다. 세상 사람들이 다 부정의에 빠져 간다 할지라도 법관만은 최후까지 정의를 사수해야 할 것입니다."

"법은 은혜로 왜곡되고, 힘에 의하여 파괴되고, 돈에 의하여 부식腐蝕된다"고 한 키케로의 말도 인용한다. 그리고 한 월남 귀순자의 "자본주의는 돈이 모든 것을 해결하는 사회다. 돈 앞에서는 아무도 믿지 말라"는 말도 소개한다.

대한민국 정부 수립 초기의 고등고시 행정과 시험에는 '이조 시대의 청백리를 논하라'는 문제가 나오기도 했는데, 그런 출제를 한 당시 국사 출제위원의 저서에만 그 답이 나와 있다고 해서 화제를 불러일으킨 바도 있었다.

다산茶山의《목민심서牧民心書》에서도 한 말씀 모셔 온다.

"청렴하다는 것은 천하의 큰 장사다. 그런 까닭에 욕심이 큰 사람은 반드시 청렴하다. 사람들이 청렴하지 못한 까닭은 그의 지혜가 모자라기 때문이다."

아무리 노력을 하고 준비를 해도 공직자를 상대로 하는 교육이나 강연은 비인기 종목이어서 성공하기가 어렵다. 나에게는 언제나 불만의 여운만 남는다.

한 입으로 두말하는 여자

TV 오락 프로그램에 마술로 시청자의 눈을 끄는 시간이 있었다. 프로들의 놀라운 묘기에 이어 한 시각장애인이 등장했다. 그는 자기소개를 이렇게 했다.

"저는 사람의 등을 쳐 먹고 사는 사람입니다."

안마사였다. 자기 직업에 대한 달관과 자학이 함께 녹아 있는 대단한 해학이었다. 눈 뜨고 남의 등을 쳐 먹는 자들이 허다한 세상이고 보면, 그의 존재감은 차라리 건강하고 대견스러워 보였다.

그처럼 재담 섞인 직업 풀이의 하나로 동시통역사가 떠오른다. 국제 행사 동시통역 부스에서 맹활약하는 통역사 중에는 여성이 압도적으로 우세하다. 그런 여성 통역사를 쉬운 우리말로 뭐라 하는지 아는가? '한 입으로 두말하는 여자'다. 한문으로 줄이자면 '일구이언녀'가 된다. 동시통역사들의 재능 또는 실력은 과연 놀랍고 부럽다. 그들의 세계에는 뒷이야기나 에피소드도 많을 법해서 나의 관심사가 되곤 한다.

일본인 무라마쓰 마스미 씨는 사이마루 인터내셔널 회장까지 지낸 동시통역사로 여러 정상회담이나 지도자급 명사들의 연설 통역을 수도 없이 해낸 인물이다. 그는 자신의 통역사 체험을 담아 유머 관련 책을 내면서 "내가 동시통역사로서 관심을 가진 것은 그들(지도자)의 능숙한 유머와 인간적인 매력이었다. 여러 나라에서 커뮤니케이션의 윤활유로써 유머가 확실한 위치와 시민권을 확보하고 있다"고 말했다. 국제유머학회와 일본웃음학회 이사라는 직함도 우연한 감투가 아닌 것 같다.

그의 책에서 재미있게 읽은 대목을 소개하겠다.

헨리 키신저 미 국무장관은 열 몇 살 때까지 독일에서 자랐고, 미국 이민 후에도 독일어 말투가 남아 있어서 자기 영어에 대한 비하도 감추지 않았다. 그가 일본에서 열린 한 회의에서 동시통역 부스를 보면서 이렇게 말했다고 한다.

"일본어 통역이 있어서 매우 기쁘다. 그런데 영어 통역이 없는 것은 유감스럽다."

자기 영어는 알아듣기 힘들다는 자괴감을 그런 고급 유머로 표현한 것이다.

통역자의 고약한 거짓 통역 사례도 나온다.

한 멕시코 사나이가 강도살인 혐의로 재판을 받게 되었다. 금괴 강도였다. 재판장이 피고인에게 이렇게 말했다.

"훔친 금괴를 어디에 숨겨 두었는지, 그 장소를 자백한다면 극형만은 면해 주겠다. 사실대로 말하라."

통역은 재판장의 이 말을 멕시코어로 피고인에게 통역해 주었다. 그 강도범은 죽음만은 면하고 보자는 생각에서 금괴 은닉 장소를 자세하게 실토하였다. 물론 멕시코어로.

그런데 통역은 거두절미하고 "피고인은 금괴를 숨긴 곳이 어디인지 생각나지 않는다고 합니다"라고 재판장에게 (물론 영어로) 말했다. 피고인은 사형 선고를 받았고, 그 금괴의 은닉처를 알게 된 통역은 그 후 거부가 되었다고 한다.

호랑이의 감사 기도

한 나그네가 첩첩산중 험한 골짜기를 지나고 있었다. 거기에다 해는 어느덧 서산으로 기울고 사방엔 옅은 어둠이 깔리기 시작했다. 그때 막 산모퉁이를 도는 순간 호랑이 한 마리가 이쪽으로 어슬렁거리며 오고 있지 않은가? 물론 겁이 났다. 그렇다고 어디로 도망칠 수도 없었다.

나그네는 그 자리에 주저앉아 무릎을 꿇고 기도를 올렸다.

"하느님, 저를 살려 주십시오. 저 호랑이가 저를 그냥 두도록 해 주십시오. 제 목숨을 지켜 주시옵소서."

그 사이에 호랑이는 나그네 바로 눈앞까지 다가왔다. 나그네의 목숨은 그야말로 풍전등화요, 일보직전이었다. 그 순간 참으로 이상한 광경이 벌어졌다. 호랑이가 나그네 앞에서 쭈그리고 앉더니 눈을 감고 기도를 하는 것이었다. 이때 호랑이는 뭐라고 기도를 했을까? 정답은 이렇다.

"하느님, 이렇게 맛있는 음식을 주셔서 참으로 감사합니다."

말하자면 식食기도였다. 세상엔 이 이야기 속의 나그네같이 죽음의 위험 앞에서 절박한 기도를 드리는 사람이 있는가 하면,

호랑이처럼 먹을거리를 차지한 자의 감사 기도도 있다.

하느님은 과연 어느 편의 기도에 귀를 기울이실까? 하느님의 전지전능은 과연 어떻게 나타날 것인가? 우리의 이런 조바심 섞인 물음에 어떤 결과로 답을 보여 주실 것인가?

"하느님의 입장이 참 난처하실 것이다"라고 말한다면 신성모독이 되어 벌을 받게 되는가? 아무리 그 나그네의 기도가 간절했다 한들 그는 호식虎食을 면치 못했을 것이다. 무고하게 당하는 자의 기도가 묵살당하는 현실에 우리는 실망하기도 한다.

이런 이야기도 있다. 1차 세계대전 때 프랑스와 독일은 맞붙어 싸웠다. 두 나라 모두 가톨릭 국가나 다름없었다. 그들은 서로 자기 나라가 전쟁에 이기게 해 달라고 간절히 기도했다.

이런 현상은 어쩌면 당연한 듯이 보이지만, 한편 생각하면 희화적이기도 하다. 전쟁엔 승패가 있기 마련인데 (무승부는 예외) 하느님인들 어떻게 양쪽 기도를 다 들어줄 수 있겠는가. 그래서 한 식자가 "하느님도 참 난처하시겠다"고 했단다.

내가 서울지검에서 검사로 일할 적에도 해프닝 같은 기도 장면을 경험했다. 제법 지명도가 있는 목사와 (같은 교단의) 장로 사이의 맞고소 사건이 내게 배당되었다. 나는 대질도 시키고 화해의 여지도 탐색할 겸 두 사람을 한날한시에 불렀다.

그들은 출석시간을 엄수하여 마치 결혼식에서 신랑 신부가 함께 입장하듯 동시에 검사실로 들어왔다. 그리고 두 사람 다 내 책상 앞에 놓인 의자에 앉는가 싶더니 역시 동시에 눈을 감고 기도를 시작하는 것이었다. 뭐라고 기도하는 것일까? 아마도 서로 이 고소 싸움에서 이겨 상대방이 엄벌을 받게 해 달라고 하느님께 기도하는 것이 아닐까?

그런데 두 사람의 기도는 몇 분이 지나도 마냥 계속되어 누구도 눈을 뜰 줄 몰랐다. 마치 기도경연대회라도 하는 것처럼. 결국 목사·장로 간의 재물 다툼은 나의 노력에도 불구하고 화해가 되지 않은 채 법정으로 넘어갔다. 사랑이니 용서니 탐욕을 멀리하느니 하는 말씀은 아무 소용이 없었다. 신앙의 믿음보다 타산의 아집이 훨씬 지배력이 크기 때문이다.

이 땅에 군사독재가 판을 치던 시대에 기독교 신앙을 가졌다는 사람들이 서로 상반되는 기도를 했다. 독재자를 위해서 기도하는 부류가 있는가 하면, 그 독재자에 의해 짓밟히고 상처 입은 사람들을 위해 기도하는 부류가 있었다. 대통령 조찬기도회 등 권력자를 위한 기도회에 가서 아부성 내지 용비어천가식 기도를 하는 세력이 있었는가 하면, 탄압받는 구속자나 노동자들을 위한 기도 모임에 열심히 나가는 사람들도 있었다.

두 부류의 기도는 서로 달랐다. 말로야 성경에 합당한 관용적 언어를 유창하게 나열했을망정 속셈은 달랐던 것이다. 억누르는 자, 즉 강자 편에 서서 박해받는 약자를 외면하거나 한 걸음

더 나아가 용공 운운하며 색깔론으로 몰아붙인 그네들의 기도
는 과연 하느님의 뜻에 맞는 것이었을까?

성경에는 "주여, 주여 하는 자마다 다 천국에 들어갈 수 있는
것이 아니라 하느님의 뜻대로 행하는 자만이 하늘나라에 갈 수
있다"고 기록되어 있다. 그리고 "망령되게 하느님의 이름을 들
먹이지 말라"는 경고도 나와 있다.

말끝마다 하느님을 업고 나서면서 하느님의 뜻대로 행하지
는 않는 사람들, 자기의 필요에 '하느님의 뜻'을 갖다가 맞추는
(그런 기도를 하는) 사람은 신앙인이라 할 수가 없다. 호랑이의 감사
기도와 상통하는 자기 중심의 하느님 '명의 도용'이기 때문이다.

이 사회에서 호랑이 행세를 하면서 사람의 소중한 생명, 재
물, 인권 또는 양심을 짓밟는 자들이야말로 남에게 두려움을 주
고 위해를 가한 죄로 하느님의 심판을 받아 마땅하지 않을까?

해우解憂와 방송放送

제주도 하면 제일 먼저 생각나는 데가 '해우소'라는 곳이다. 목석원木石苑 어귀에 붙어 있는 '해우소'라는 한문 표지판을 보면 누구나 처음엔 묘한 호기심을 느끼겠지만, 알고 보면 그것은 화장실의 별칭이다.

'화장실'이 서양식 표현인 데 비해 '해우소'는 지극히 동양적인 심오함과 격조를 살린 표현이다. 가령 무슨 사정으로 장시간 생리작용을 발산하지 못하여 안절부절못하다가 그곳을 찾아가 마침내 숙원(?)을 풀었을 때, 그것이야말로 '해우'가 아니고 무엇인가.

이처럼 절박한 근심을 해결하는 곳이 해우소라면 변호사 사무실이나 법원도 해우소라고 말할 수 있다. 아예 그렇게 써 붙였다가 제주도에서의 경험을 살려서 뛰어들어오는 사람이 있다 하더라도 급한 사람을 위한 적선積善임에는 다를 바가 없다. 문제는 그런 곳을 찾아오는 사람들이 제주도에서처럼 시원하게 '해우'를 할 수 있느냐에 있다.

우선, 변호사 사무실은 남의 사건을 거저 맡아 주는 곳은 아니므로 (예외가 없지는 않으나 어디까지나 예외일 뿐이다.) 해우소치고는 유료 해우소에 속한다. 냄새나는 인간사를 다루느니만큼 이 점은 제주의 해우소와 다를 바가 없으나, 무료 사용이 안 된다는 점이 다르다. (물론 법률상담 정도는 거저 할 수도 있다). 만일 해우소 이용에 많은 돈이 들어야 한다면 가난한 사람들의 근심은 어디서 풀어야 할지 걱정이다.

다음으로, 변호사는 과연 해우사 노릇을 제대로 하고 있느냐고 자문하게 된다. "변호사를 샀는데도 별 효과가 없더라" 하고 푸념하는 사람이 많다. 그렇다고 변호사를 판 일이야 없지만 오늘날의 사법 풍토를 냉철하게 검증해 본다면 법원이나 변호사 사무소에 '해우소'라는 간판을 붙이기는 좀 부끄럽다.

그러니 판검사·변호사들이여, 앞으로 탐라섬에 가는 기회가 있거든 반드시 '오리지널' 해우소에 들러 그 완벽한 해우 작용을 몸소 체험하면서 법조인의 해우 임무를 되새겨볼 일이다.

두 번째로 떠오르는 곳은 추사관秋史館이다. 거기에는 〈세한도〉를 비롯한 김정희 선생의 여러 작품들이 전시되고 있지만 아쉽게도 모두 영인본이거나 탁본에 불과하다.

선생께서 유배 생활을 할 때 거처하시던 집이라고 해 봐야 몇 해 전에 상상으로 구성해 놓은 초가집일 뿐 유품 하나도 없다. 그래서 좀 허전한 마음으로 돌아나오다가 추사관 앞에 서 있는 안내판을 읽던 중에 묘한 용어를 발견하였다.

추사가 9년 동안이나 제주에서 귀양살이를 하던 끝에 국왕의 은사로 몸이 풀려 서울로 올라간 대목을 "방송 放送하였다"로 표현해 놓았다.

실은 그때 나는 방송위원회 주최의 행사에 방송위원 자격으로 제주에 갔던 참이어서 더욱 흥미로웠다. 갇힌 사람을 석방시켜서 보내는 것이 '방송'이라면 나는 방송위원이 되기 전부터 이미 방송위원이었던 셈이다.

그러나 여기서도 자책을 따돌릴 수는 없다. 나는 억울하게 묶인 사람을 과연 얼마나 '방송'하였는가, 그리고 제대로 방송이 되지 않는 그릇된 사법 상황을 타개하기 위해 무엇을 하였는가 하는 물음과 맞서게 된다.

해우도 방송도 제대로 못하는 나에게는 모처럼 '해외(?)'까지 가서 발견한 희한한 용어조차도 씁쓸한 가책의 촉매가 되고 말았다.

저승에서도 남북 분단?

　나는 박정희 정권의 유신치하에서 난데없는 반공법 위반으로 구속되었다. 겉으로는 필화사건이었지만 내막은 보복이요 탄압이었다.

　당시 나는 김대중 선생에 대한 선거법 위반사건, 이병린 변호사 구속사건 등의 변호를 맡는 외에 김지하 시인의 국가보안법 위반사건 변호인 선임계를 낸 것이 화근이었다. 변호인 사퇴를 두 번이나 요구하다가 끝내 거부하자 하루 만에 잡아갔다.

　맨 처음 이병린 변호사 구속 배경 폭로사건으로 끌려간 때가 1975년 1월 21일, 그 다음이 3월 21일, 그 후 중앙정보부 지하실에서 서울구치소로 실려 갈 때 시청 건물 이마에 붙은 시계는 3시 21분을 가리키고 있었다. 구치소에서 붙여 준 수번囚番도 2111이었으니, '21'은 나에게 악연의 상징이었다.

　나를 위해 129명에 이르는 대변호인단이 구성되었다. 검찰은 복역 중인 간첩, 월남 전향자, 대공 심리전 요원, 공안기관 종사자 등을 증인으로 내세워 나의 글이 '용공적'이라고 우겼다.

그중 한 사람이 나의 문제된 글 〈어떤 조사〉 맨 끝에 "당신의 소망이 명부冥府의 하늘 밑에서나마 이루어지기를 빕니다"라는 대목을 놓고 "저승에 가서라도 적화통일의 꿈이 이루어지기를 바란다는 뜻"이라고 증언했다.

그러자 변호인 측에서 이렇게 반문했다.

"아니, 저승에서도 남북이 분단되어 북쪽에는 공산당이 정권을 잡고 있나요?"

나는 유죄 판결이 확정되어 변호사 자격마저 박탈당했다. 8년 동안이나….

그러다 보니 심판관석(군법무관 때), 검찰관석, 변호인석을 거쳐 피고인석, 방청석까지 순례를 한 셈이다.

그 뒤 1980년 봄, 소위 김대중내란음모사건에 조연급으로 스카우트되어 나는 또 한 번 옥고를 치렀다. 감옥만 해도 서울구치소를 '재수'한 뒤 육군교도소를 거쳐 김천 소년교도소까지 흘러갔다. 우리나라에 네 종류의 교도소가 있는데 그중 세 군데를 두루 겪어 본 셈이다.

전원 석방

1974년 대통령긴급조치사건 법정에서는 돌출 이변이 자주 일어났다. 단상의 심판관(현역 군인)이 "학업에 전념해야 할 학생들이 공부는 안 하고 왜 유신체제 반대를 외치며 정치에 개입하느냐"고 질문인지 훈계인지 모를 소리를 하면, 피고인석의 학생들은 단상을 향하여 "국방에 전념해야 할 군인들이 어찌하여 나라는 안 지키고 여기 와서 재판을 한다고 앉아 있느냐" 하고 역습을 했다.

법정에서 피고인들(거의 학생들)이 애국가를 부르자, 재판부는 당황하며 전원 퇴장시킨 후 나에게 변론을 하라고 했다. 그때 이렇게 응수했다.

"나는 피고인들을 변호하러 온 것이지, 저 빈 의자를 변호하려고 여기 온 사람이 아니다…."

내가 끝내 변론을 거부하자 재판부도 할 수 없이 밖으로 내보냈던 피고인들을 입정시켰고, 나는 (효용도 없는) 변호를 했다.

그때 민간인을 군법회의에서 마구 재판했다. 구형량과 똑같은 판결이 속출했다. 나는 심판관석의 군인들에게 말했다.

"대한민국의 정찰제는 백화점의 상관행에서가 아니라 군법회의 판결에서 확립되었다고 기록될 것이다."

아무리 독재자의 입맛에 맞게, 또는 그 지시에 따라 하는 판결이라고 하지만 그럴 수가 있느냐고 분개하는 사람이 많았다. 나는 "군법회의라는 회의의 결과일 뿐이니까 판결로 생각하지 마시라"고 달래기도 했다.

군사정권의 무도한 공포 분위기 속에서는 일반 법원도 별 수가 없었다. 정부 권력에 찍힌 사람은 거의 유죄에다 실형이었다. 내가 변호했던 한 정치인(국회의원)이 감옥에서 나온 뒤 말했다.

"한 변호사가 변호한 사람치고 징역 안 간 사람 있으면 손들어 보라."

처음엔 듣고만 있다가 나중에는 나도 응수(?)를 했다.

"징역 가면서도 나에게 고맙다고 인사 안 한 사람 있으면 손들어 보시오."

역습은 계속되었다.

"내가 변호한 사람치고 석방 안 된 사람이 없다. 최악의 경우에도 만기 석방으로 다 나왔으니까."

재판문학의 탄생을 기다리며

몇 해 전 J일보 신춘문예에 뽑힌 희곡 가운데 재판 장면이 들어 있었다. 그런데 재판장이 피고인들을 호명할 때 "제1 피의자 아무개, 제2 피의자 아무개" 이런 식이었다.

한 작품 속의 재판 묘사가 반드시 현실의 법절차나 용어를 그대로 복사해야 되는 것은 아니지만, 그래도 피고인과 피의자의 구별마저 혼동한대서야 할 말이 없다. 신춘문예에 응모한 신인의 작품이라서 그렇다면 그런대로 이해하겠으나, 소위 기성작가들의 경우도 오십보백보가 아닌가 싶다.

카프카처럼 법학박사가 되거나 도스토옙스키마냥 사형수 생활을 체험할 필요까지는 없다. 스탕달처럼 변호사의 아들로 태어나서 나폴레옹 법전을 열심히 읽어야 된다는 이야기도 아니다. 다만 작가로서 최소한의 견식見識만이라도 지니고서 작품을 써냈으면 좋겠다는 뜻이다.

법률이니 재판이니 하는 말만 나와도 따분하고 골치 아파서 마음이 내키지 않는 때문인지, 아니면 잘 모르는 분야라 실수할까 봐 그런지, 우리나라에서 재판의 세계를 정면으로 다루는 작품은 별로 눈에 띄지 않는다. 작품 속에 재판을 도입시키면 그 박진감이나 극적 효과에 있어서 기막힌 성과를 올릴 수 있음은 누구나 긍정하리라.

헌데 그 좋은 방식을 잘 알면서도 손쓰지 못하는 것을 보면 매우 안타깝다. 세계 명작 가운데 재판과 형벌 등의 문제를 실감나게 다룬 작품이 많은 것은 우연한 일이 아니다.

물론 우리나라에도 그러한 시도가 없지는 않았다. 일찍이 김동인은 〈약한 자의 슬픔〉이라는 소설을 통해 1920년대 이전에 재판 문제를 작품화시킨 바 있다.

내 경험으로도, 소설이나 드라마 또는 시나리오 작가들로부터 작품 집필에 필요한 법률지식에 관해 질문을 받은 예가 더러 있었는데, 그때마다 그분들의 열의에 감동하곤 했다.

근년 들어 문인들도 재판에 상당한 관심을 갖게 된 것 같다. 관심 정도가 아니라 직접 법정에 와서 재판 장면을 보는 분도 있고, 아예 피고나 증인의 자리를 몸소 체험한 분들도 많다.

이런 현상은 문인 주변에까지 불행한 일이 잦게 되었다는 의미에서 유감스럽기도 하지만, 재판 같은 거 잘 모른다고 자랑이나 되듯 말하는 문인들에게는 차라리 다행스러운(?) 계기일 수도 있다. 한갓 관념의 유희 정도에서 탈피하여 임장감臨場感을 높일 수 있다는 점에서 그렇다.

흔히 6·25라는 참혹한 체험을 놓고서 전쟁문학론이 운위云謂되듯 민족이나 개인의 시련으로 농축된 갖가지 재판도 문학이란 그릇에 담아 승화시킬 수 있어야 한다. 그야 여러 가지 어려움이 따르지만 바로 그 어려움과 대결하는 일이야말로 현실 속에서 숨 쉬는 작가의 책무이기도 한 것이다.

감옥살이를 소재로 한 옥중문학은 춘원春園의 〈무명無明〉 이후 드물지 않게 나왔고 요즘도 제법 눈에 띄는데, 이것은 불행한 체험에서 얻은 다행한 결과라고 할 만하다. 이처럼 이왕의 관심이나 체험을 살려 재판문학(?)의 새 경지를 개척하는 노력을 기대하는 것은 내가 법학도이기 때문에 더욱 절실한지도 모른다.

습관화된 길목에서만 문학이 맴돌게 되면 안일해지기 쉽다. 얼마쯤의 모험을 각오하고서라도 새로운 영역과 공간으로 뛰어드는 모색이 필요하다. 법률과 재판의 세계야말로 그 적지適地의 하나다. 이것은 단지 소재의 문제에만 그치지 않는 또 다른 의미를 동반하는 것이다.

'표절'이라는 요격 미사일

법의 존재감은 사건이 터져야 뚜렷해진다. 저작권법 또한 그 예외가 아니다. 민법·형법 같은 일반법 또는 기본법과는 달리 저작권법이라고 하면 생소하기까지 하다. 그런 특수한 분야의 법은 심지어 법조인들에게도 생소한 경우가 많다.

저작권법은 근래에 들어 위반 혐의가 언론이나 사람들 입에 자주 오르면서 관심을 끌기 시작했다. 예전에 비해 보도 기사의 건수가 눈에 띄게 늘었다.

팔 슈미트 헝가리 대통령은 박사 학위 논문 표절 의혹을 받아 오다가 끝내 대통령직에서 물러났다. 그에게 박사 학위를 수여한 대학에서 문제의 학위 논문이 남의 것을 베낀 것으로 판정하여 학위를 취소하자 대통령직까지 사임하게 된 것이다.

이에 질세라 국내에서도 '빙산의 일각'이 드러났다. 지난번 총선에서 여당 후보로 출마한 문 아무개 교수의 석·박사 학위 논문이 표절이라는 의혹이 제기되었고, 학술단체협의회까지 나서서 '심각한 수준의 표절'이라며 후보 사퇴를 요구했다. 문 후보는 표절 사실을 부인했지만 오자誤字까지 똑같다는 점은 치명적이었다. 남의 글을 그대로 베꼈다는 증거로 그보다 더 명백한 것이 없기 때문이다. 하기는 작년에도 유 아무개라는 모 대학 총장이 쓴 책이 다른 사람의 책 내용과 토씨 하나 틀리지 않고 똑같아서 물의가 크게 번진 일이 있었다.

이처럼 틀린 곳까지 똑같이 되어 있는 것을 좀 그럴듯한 용어로 'common errors'라고 한다. '공통된 오류' 정도로 번역될 만한 말인데, 여기에 걸릴 지경이면 할 말이 없게 된다. 그런데도 당자들은 사죄하기는커녕 펄쩍 뛰기 일쑤다. 앞서의 문 후보는 "명백한 정치공작이다"라고 받아쳤는가 하면, 유 아무개 총장은 "이미 처리가 끝난 문제다. 해명할 필요가 없다"고 했다.

또 수도권 대학의 임 아무개 총장은 남의 논문을 베껴서 석사학위를 받은 것이 드러나자 '내부 음모론'이라며 잘못이 없다는 식의 대답을 했다. 더욱 기막힌 것은 "당시는 담당 지도교수에게 부탁해 학위를 취득하는 것이 관행이었다"는 말이었다.

'표절'이란 용어는 저작권법에도 없다. 그러면서 저작권법 위반의 대표급 부정으로 통용되는 말이 되었다. 복잡한 해석은 접어두고 쉽게 말하자면 표절은 '베끼기'다. 그것은 문화적인 절도이자 사기행위다. 그런데도 명색이 지식인이거나 학자 또는 교수, 총장이라는 사람들이 그런 파렴치한 행위를 식은 죽 먹듯 하는 것은 한심스럽다.

소설 등 문학작품을 놓고도 시비는 끊이지 않았다. 근년에만 해도 《덕혜옹주》와 《강남몽》 같은 베스트셀러 소설에 표절 시비가 따랐다. 작가 측에서는 역사적 사실이니까 누구나 쓸 수 있다든가, 단순히 참고만 했을 뿐이라는 방어적 해명이 나왔다.

이런 사례는 대개 표절을 당했다고 주장하는 작가나 저자 쪽에서 문제를 제기하는 것이 보통이지만, 그렇지 않은 경우도 있다. 제3자가 다른 저의를 가지고 표절을 폭로(?)함으로써 상대방을 격추(?)시키고자 하는 계략에서 나오는 시비 말이다.

과거에 부총리나 장관 지명자에 대한 청문회 등 검증 단계에서 표절 의혹이 제기되어 불이익을 입은 사례가 몇 건 있었는가 하면, 공직선거나 대학 총장 선거에 즈음해서 유사한 실례가 심심치 않게 나왔다. 그런데 선거나 검증 단계가 지나서 그런 공격의 필요가 없어지면 언제 무슨 일이 있었느냐는 듯이 표절 시비도 소멸되고 만다. 그런 의혹을 받은 사람 못지않게 의혹을 제기한 사람의 도덕성 내지 정치성이 오히려 반문을 당해야 하는 일면이 있다는 말이다. 맘에 들지 않는 사람에 대한 요격 미사일에 표절 내지 저작권법이 탄두가 되는 쓸쓸한 일이다.

거기에다 정직하게 '베끼기'를 고백하고 책임을 지는 사람도 매우 드물다. 외국에서는 이 글 맨 앞에서 예시한 대로 대통령도 사임을 했는가 하면, 미국에선 상원의원 후보가 자진 사퇴한

예도 있고, 일본에선 도쿄대학 교수가 자살한 비보까지 전해진
바 있었다.

　표절 자체는 당연히 배제되어야 하지만, 그 의혹을 제기하는
사람의 저의나 표절한 장본인의 불감증과 뻔뻔함이 더욱 큰 문
제라 하겠다. 물론 근본적으로는 표절한 사람의 양심이 매를 맞
아야 마땅한데, 그들의 양심 치유를 위해 퓨전 같은 교훈을 일
러주고자 한다.
　"여러 군데서 끌어다 맞추면 연구가 되고, 한 군데서 끌어다
놓으면 표절이 된다."

제5부

명판결 속의 거짓말

베드로의 눈물

톨레도Toledo는 스페인의 옛 도읍지답게 사원과 유적과 예술품들을 자랑하고 있다.

거기에서 엘 그레코El Greco의 〈베드로의 눈물 Tears of St. Peter〉이라는 그림을 보았다. 그의 또 다른 걸작 〈오르가스 백작의 매장〉과 마찬가지로 조금 침침하고 불안스러운 분위기였다. 그리고 두 손을 모으고 뉘우침과 슬픔에 젖은 채 비통하게 하늘을 응시하는 베드로의 표정이 몹시 충격적이었다.

예수가 로마 병정들에게 잡혀갈 때 다른 제자들과 마찬가지로 자신의 위험만 생각한 나머지 올리브나무 숲속으로 도망쳐버린 베드로. 바로 두어 시간 전에 "선생님, 저는 당신을 따라서 감옥에 가거나 죽음을 함께할 각오까지 되어 있습니다"라고 외쳤던 베드로. 그뿐이 아니다. 그날 밤 첫닭이 울기 전에 세 번이나 예수를 모른다고 부인했던 베드로.

이처럼 자신의 안전을 위해 한때나마 스승을 버렸던 베드로에게서 오늘의 우리 자신을 발견한다. 그레코의 작품에 그려진 베드로의 표정과 눈물은 바로 우리가 해야 할 참회의 원형이다.

그러나 우리는 여간해서 참회를 모른다. 죄인다운 표정도 눈물도 없이 뻔뻔스럽게 살아간다. 심지어 헌법과 민주주의를 파괴하고 사회 정의와 인권을 짓밟고 살육과 부정을 저지른 자들도 눈 하나 까딱하지 않는다. 바로 그런 부류 사람들의 파렴치하고 음흉한 표정이 베드로의 얼굴과 겹쳐서 떠올랐다.

몇 번의 허물에도 불구하고 베드로가 위대한 사도로서 추앙받을 수 있게 된 것은 다름 아닌 처절한 참회와 이를 통한 거듭남에서였으리라고 믿는다. 죄만 있고 회개는 없는 군상들이 세상을 지배하는 한 역사는 결코 바로잡힐 리가 없다.

예술이란 전문가들만의 비평이나 특수계층 사람들의 완상玩賞의 대상에 그쳐서는 안 된다. 회화예술, 미술작품도 마찬가지다. (나처럼) 감상 능력이 없는 사람에게도 큰 감동을 주는 그림이야말로 더욱 훌륭한 작품이 아니겠는가.

보라는 달을 보자면, 우선 그것을 가리키는 손가락이라도 제대로 보아야 한다. 그 손가락만 보고서 나는 이 글을 쓰는 셈이다. 그러나 코끼리의 다리라도 만졌으면 코끼리를 만진 것이 아닌가.

유대인의 웃음, 유대인의 정신

유대인은 어느 민족보다도 해학에 능하다고 한다. 추방과 유랑, 차별과 학살까지 당하는 비운을 겪으면서도 웃음을 잃지 않았다. 그들에게 해학은 위로이자 달관이었고 극복의 힘이면서 통찰이었다.

BC 70년 유대왕국이 로마제국에 의해 멸망되자 유대민족은 전 세계에 흩어져 1948년 이스라엘 건국 때까지 약 1900년 동안 나라 없는 신세를 감수했다. 그러면서도 불굴의 정신으로 역경을 이겨 내고 세계적인 인물을 많이 배출했다.

어떤 이는 가혹하기 짝이 없는 역사 속에서 유대인은 웃음을 통해서 유대인다운 정신을 끝내 지켜 낼 수 있었으며, 유대인의 정신은 웃음이라는 불길에 의해 단련되어 강철이 되었다고 쓰기도 했다.

나치 독일의 유대인 학살은 너무도 유명하다. 단지 유대인이라는 이유만으로 5백만 내지 6백만이 가스실에서 죽어 갔다. 그런 유대민족이 해학을 즐긴다는 것은 참으로 음미해 볼 만한 일이다. 그들의 지혜와 해학은 생존전략이자 상술로 통하는 정신적 '인프라'이기도 했다.

유대인에 대한 박해가 횡행하던 중세 스페인에서 있었던 이야기다. 한 유대인이 기독교도의 포도밭에서 포도를 훔친 혐의로 재판정에 붙들려 왔다. 그러나 그는 결백하다며 무죄를 주장했으나 소용이 없었다. 재판을 맡은 기독교 사제는 신의 판단을 기다린다면서 제비뽑기로 유무죄를 가리겠다고 선언했다. 두 장의 쪽지를 상자에 넣고 그중 '무죄'라고 쓴 쪽지를 뽑으면 석방이고, '유죄'라고 쓴 종이를 집으면 사형이라고 했다.

사제는 두 쪽지에 똑같이 '유죄'라고 써서 상자에 넣었다. 그 유대인은 어느 것을 집어도 죽게 되어 있었다. 사제의 계략을 간파한 유대인은 상자에 손을 넣어 쪽지 한 장을 집자 그것을 입에 넣고 삼켜 버렸다. 그리고 깜짝 놀란 사제에게 말했다.

"상자 속에 남은 한 장을 꺼내서 펴보십시오. 나는 신의 뜻에 의해 무죄입니다."

이렇게 해서 유대인은 석방되었다. 말 속의 해학이 아니라 삶 속의 지혜와 해학이 통쾌한 웃음을 자아내게 한다.

우리 민족도 오랜 세월 고난의 역사에 부대끼며 살아왔다. 지금도 각박한 일상에 얽매이는 날이 많다. 그러니 사람들의 말과 생각이 각박해질 수밖에 없다. 여기서 우리는 유대인들의 지혜와 해학을 눈여겨볼 필요가 있다.

히틀러를 구해 준 유대인

유대민족은 여러 분야에서 세계적인 인물을 많이 배출했다. 그들이 그처럼 우수하고 또 성공하는 비결은 여러 가지가 있겠지만, 그중에서도 '웃음'을 소중히 여기는 점을 꼽는 사람도 있다. '책의 민족'이면서 '웃음의 민족'이라고 하는 유대인은 두뇌 회전이 빠르고 화제나 상황에 맞는 우스개를 구사할 줄 안다.

유대인의 반反나치 사상이 배어 있는 유머도 많다. 나치 독일은 반유대인법을 만들어 어린이를 포함한 유대인 모두에게 노란 바탕에 유대인의 첫 글자인 'J'자가 찍힌 천조각을 가슴에 붙이고 다니도록 강제했는가 하면, 강제수용소에 수용하고 심지어 학살까지 한 것으로 악명이 높았기 때문이다.

베를린의 한 공원에서 히틀러가 승마를 즐기고 있었는데, 말이 갑자기 폭주하는 바람에 히틀러는 땅바닥에 내동댕이치듯 떨어질 위기에 직면했다. 그 순간 한 유대인이 나타나 말을 제지하여 어렵게 사태를 진정시켰다. 간발의 위기에서 극적으로 구제된 히틀러는 그의 가슴에 'J'자가 붙어 있는 것을 보고 잠시 얼굴을 찡그렸지만 이렇게 물었다.

"어이 유대놈, 아니 유대인, 고맙소. 당신은 내 생명의 은인이니 내가 할 수 있는 일은 무엇이든지 다 해 주겠다. 소원이 무엇이냐?"

"총통 각하! 한 가지 소원을 말씀드리겠습니다. 다름이 아니옵고 제가 총통 각하를 구해 주었다는 사실을 누구에게도 말하지 말아 주십시오."

이것이 유대인의 대답이었다.

어떤 사람은 유대인과 웃음과의 관계를 물고기와 물의 관계에 비유하기도 했다.

한 유대인 노파가 고열과 함께 통증이 심해져서 고통을 호소하자, 의사가 청진기를 귀에 꽂고 진찰을 하고 나서 말했다.

"이건 중태로다. 회춘할 가망은 없는데…."

이 말을 들은 노파가 벌떡 일어나서 하는 말,

"나는 젊어지기를 원하는 것이 아닙니다. 그저 나이를 더 먹고 싶을 따름이에요."

금전욕과 청구서

유명한 심리학자 프로이트 역시 유대인이었다. 그는 "유대인
처럼 자기 자신을 웃음의 대상으로 삼고 즐길 줄 아는 민족은
없다"고 말한 적이 있다.

"유대인의 코는 왜 저렇게 큰가?"

유대인들은 이렇게 자문해 놓고 자답自答한다.

"그것은 공기가 공짜이기 때문이다."

단거리 경주에서 정말 코 하나 차로 우승한 선수가 있었다.
그는 물론 유대인이었다.

유대인의 금전욕을 잘 일러주는 이야기 두 토막.

매년 네 번, 즉 한 계절에 한 번씩 한 남작에게서 생활비를 얻
어 쓰는 유대인 형제가 있었다. 그런데 형은 폐를 앓다 죽었기
때문에 아우 혼자서 남작의 집을 찾아갔다. 남작의 재정을 맡아
보는 집사가 나와서 왜 혼자 왔느냐고 묻자, 아우는 형의 사망
을 알렸다. 집사는 안에 들어갔다 나오더니 한 사람 몫의 돈만
주는 것이었다.

"아니, 우리 형 것은 어떻게 된 겁니까?"

아우는 항의 조로 말했다.

"자네 형은 죽었다고 하지 않았는가? 그러니까 오늘은 자네 한 사람 몫만 주는 걸세."

집사의 대답에 아우는 물러서지 않고 따졌다.

"여보시오, 우리 형의 상속인은 바로 나요. 남작은 상속인이 아니지 않습니까?"

엄청난 재산을 가진 어느 부자의 장례식장 한 귀퉁이에서 대성통곡하는 사나이가 있었다. 너무 슬퍼하는 것이 안쓰러워서 조객 한 사람이 물었다.

"참 안됐습니다. 혹시 고인의 직계 되시는 분인가요?"

그러자 그 남자는 이렇게 대답했다.

"내가 고인의 직계가 아니기 때문에 이렇게 슬피 우는 것 아닙니까."

유대인의 조크에는 랍비(유대교의 율법학자)가 자주 등장한다. 두 유대인 랍비가 인체의 성장에 관해서 논쟁을 하게 되었다.

한 랍비는, 사람은 발 쪽에서 자란다고 주장했다. 키가 자랄수록 코트가 짧아져서 다리가 나오고 기장이 짧아지는 반면, 목이나 어깨 쪽은 아무런 변화가 없이 그냥 그대로이니 발이 자란다는 것이었다.

다른 한 랍비는, 사람은 머리 쪽에서부터 자란다고 했다.

"얼마 전 군인들이 행진하는 것을 보았는데, 모두의 발바닥이 똑같이 지면에 닿아 있는 반면, 머리 높이는 일정치 않아서 큰 사람, 작은 사람 각각이었다. 그것만 보더라도 인간은 머리에서부터 자란다고 봐야 맞다."

한 유대인 상인이 아침에 호텔 체크아웃을 하려고 숙박비를 물었더니 3루블이라고 했다.

"너무 비싸지 않아요? 어젯밤엔 쥐가 몇 마리나 나와서 잠도 제대로 못 잤는데…."

"손님 죄송합니다. 실은 우리도 쥐란 놈 때문에 무척 속을 썩고 있습니다. 무슨 좋은 지혜가 없겠습니까?"

유대인은 즉석에서 일러주었다.

"쥐란 놈에게 이 청구서를 들이미시오. 그러면 두 번 다시 이 호텔에 오지 않을 겁니다."

명판결 속의 거짓말

옛날 로마 제국 때 한 여인이 발가락이 여섯 개 달린 아이를 낳았다. 부끄럽기도 하고 아이의 장래를 걱정하던 그녀는 마침내 자식을 강물에 던져 버렸다. 이 비정한 어머니는 살인죄로 재판에 회부되었다.

재판관은 여인의 입장에 무척 동정적이었다. 하지만 살인자는 사형에 처한다는 법률까지 어길 수는 없어 무척 고심하던 끝에 희한한 지모智謀를 썼다.

"로마의 법률은 사람을 죽인 자에겐 사형을 과하게 되어 있다. 그러나 발가락이 여섯 개 달린 것은 괴물이지 사람이 아니다. 따라서 사람이 아닌 괴물을 죽인 데 불과한 피고의 행위는 살인죄를 구성하지 않는다."

그러자 사람들은 현명한 판결에 박수를 보냈다. 하지만 따지고 보면 이 판결은 피고인에 대한 연민에서 우러난 궤변이었을 뿐 올바른 판단이 못됨은 두말할 나위도 없다. '여섯 발가락'은 사람이 아니라는 전제 속에 빤한 거짓말이 숨어 있기 때문이다.

셰익스피어의 명작 〈베니스의 상인〉에서도 그런 예를 찾아볼수 있다. 고리대금업자 샤일록이 증서에 쓰인 대로 안토니오의 살을 한 파운드 베려고 할 때,

"잠깐! 증서에는 피를 흘려도 좋다는 말이 없다. 그러니 피를한 방울이라도 흘리게 해서는 안 된다. 만약…."

이 절세絕世의 재정裁定에는 만인이 두고두고 쾌재를 아끼지않았다. 하지만 이 '명판결'도 그 자체로선 억지가 아니면 사술 詐術이었다. 살을 벨 수 있다면 (그런 계약이 유효하다면) 그에 따르는 유혈도 당연히 인정되어야 하기 때문이다.

결국 여기 인용한 두 예에서 공통되는 바는 재판관이 먼저 판결의 주문主文, 결론을 정해 놓고 자기 주견主見에 맞게 그럴듯한 이유를 '창작'하였다는 점이다.

비록 피고의 이익을 위해서 발휘한 지혜요 자비일망정 그 독단이나 선입견의 허물이 가당시可當視될 수는 없는 것이다. 하물며 피고에게 불리한 방향으로 재판관의 자의恣意나 주관이 작용한다면 이보다 더 통탄스러운 일은 없다. 간혹 시사성이 짙은 사건에서 궁색한 이유가 판결의 이름으로 분장을 하고 나올 때마다 나는 역설적인 의미에서 앞서의 예화를 떠올리게 된다.

사법권의 독립이니 법관의 자유심증이니 하는 명분만으로 덮어 두기엔 너무나 심각한 오류—이것을 경계하고 자책하는 양식이야말로 민주사법의 첫 장章이요 종장終章이라 믿는다.

유머리스트 처칠

프랑스 요리, 이태리 요리, 중국 요리—란 말은 있어도 '영국 요리'란 말은 들어본 적이 없다. 영국이라고 왜 맛있는 음식이 없을까마는, 특별히 내세울 만한 진미珍味는 없는 모양이다.

반면, '영국 신사'라는 말은 있어도 미국 신사, 프랑스 신사, 이태리 신사, 중국 신사라는 말은 들어보지 못했다. 영국 남성의 예의 범절이나 품격에는 어딘가 알아줄 만한 장점이 있다는 이야기다.

유머는 어떤가. 독일인이나 일본인이 유머에 능하다고 하면 독일인이나 일본인이 먼저 웃는다. 중국인이나 러시아인의 경우도 마찬가지다. 영국인의 유머? 그 말은 자연스럽게 들린다. 전통 보수, 매너, 페어플레이, 교양, 경험주의, 침착 등이 영국인의 이미지를 높여 주는 요소들인데, 여기에 유머까지 곁들인다면 그야말로 금상첨화다.

영국 신사라고 하면 중절모에 망토를 걸치고 지팡이나 우산을 든 윈스턴 처칠을 떠올린다. 영국의 대표적인 유머리스트

명단에서도 처칠 경의 이름은 상석을 차지하고 있다.

2차 세계대전 때 영국 수상으로서 연합국의 승리를 이끌어 냈고, 《제2차 세계대전 회고록》으로 노벨문학상까지 받은 처칠. 그러나 그는 학생 때 성적이 최하위 그룹인데다 성격이 급하고 허영심이 많다는 비판도 나돌았다니 흥미롭다.

그가 낸시 애스터라는 영국 최초의 여성 하원의원과 벌인 입씨름 한 토막.

낸시 : "여보시오, 처칠 씨. 당신은 왜 이렇게 술에 취해 있는
　　　거요?"
처칠 : "내 술은 내일 아침이면 말끔히 깨겠지만, 당신의 추한
　　　얼굴은 내일 아침이 되어도 달라지지 않을 거요."
낸시 : "처칠 경, 만일 당신이 내 남편이라면 당신이 마시는
　　　음료수에 독을 넣겠소."
처칠 : "마담, 만일 당신이 내 아내라면 나는 그것을 기꺼이
　　　마셔 버리겠소."

처칠은 이런 말도 남겼다.

"30세 이전에 자유당원이 아닌 사람은 심장이 없는 사람이다. 30세가 넘고서도 보수당원이 아닌 사람은 뇌腦가 없는(골이 빈) 사람이다."

그는 위기에 처하거나 난처한 상황에서도 뛰어난 유머 감각

을 발휘했다.

"나는 나라를 위해서 언제라도 한 목숨 바칠 각오가 되어 있다. 다만 그 시기가 일각一刻이라도 늦게 오기를 빌고 있을 따름이다."

처칠은 90세에 별세했는데, 말년에 한 젊은 기자와 인터뷰를 마치고 나서 이런 말을 주고받았다.

기자 : "내년에도 다시 뵐 수 있다면 큰 영광으로 알겠습니다."

처칠 : "여보게, 내년에 만나지 못할 이유가 뭐 있는가. 보아하니 자네는 아주 건강한데 아무렴 내년까지는 살아 있을 것 아닌가."

그는 75세 때 역시 한 기자로부터 "죽음에 대해서 어떻게 생각하느냐"는 질문을 받자, 이렇게 받아넘겼다.

"나는 언제고 하느님과 대면할 각오가 되어 있소. 다만 하느님 쪽에서 나와 대면한다는 큰 시련에 직면할 각오가 되어 있는지는 알 수가 없소."

하느님은 영어만?

영국 사람은 처음 붙임성이 좋지 않다는 것이 중평이다. 미국인처럼 "하이!" 하고 금방 친구같이 되지 않는다는 이야기다. 물론 한번 친구가 되고 나면 매우 신의를 중히 여기고 흉금을 터놓지만, 초면엔 좀 냉담한 편이다. 그게 '점잔'으로 보이기도 한다.

그런데 외국인의 눈에 비친 영국인의 이미지는 반드시 좋은 것만은 아니다. 프랑스의 작가 볼테르는 영국인을 두고 "그들은 영국 맥주 같다. 맨 위에 거품이 있고, 바닥에는 가스가 차 있다. 가운데 부분만 그럴듯하다"고 했다.

이 정도는 호의적인 편이다. 나폴레옹 전쟁 무렵에 나돌던 조크는 조금 다르다. 프랑스 귀족이 영국 귀족에게 물었다.

"영국군은 어떻게 해서 늘 전투에 승리할 수 있습니까?"

"우리 영국인들은 전투를 하기 전에 반드시 하느님께 기도를 드리기 때문이오."

"그야 우리 프랑스인들도 기도를 하는데요."

"물론 하시겠지요. 하지만 보세요, 우리는 영어로 기도드리기 때문이지요."

이 우스개는 하느님은 영어밖에 모른다고 믿고 있는 영국인을 비웃는 이야기다.

보통 '영국'이라고 해도 거기에는 잉글랜드, 스코틀랜드, 웨일즈, 북아일랜드가 포함되어 있다. 기본적으로는 독립국가라고 해야 할 네 나라가 연합왕국United Kingdom을 형성하고 있는 것이다. 그러나 잉글랜드에 대한 나머지 3개국의 반감이랄까 대항의식은 만만치가 않다. 그러다 보니 서로 감정이 좋을 리가 없고, 그것이 유머나 조크의 세계에도 배어들어 있다.

막대한 재산을 모은 한 실업가가 잉글랜드, 아일랜드, 스코틀랜드의 친구에게 각각 20만 파운드씩을 남기고 세상을 떠났다. 다만 이런 유언을 남겼다.

"이 돈을 쓰고 싶으면 각자 20파운드씩 내 관 속에 넣어 줄 것."

이에 따라 잉글랜드 친구와 아일랜드 친구는 20파운드씩을 관 속에 넣고 묵념을 올렸다. 그러자 스코틀랜드 친구는 두 친구가 관 속에 넣은 20파운드짜리 지폐 두 장을 꺼내더니 60파운드 액면의 수표를 관 속에 넣고 묵념을 했다.

이처럼 스코틀랜드 사람을 비하하거나 비꼬는 유머는 많이 있다. 한 사나이가 스코틀랜드에서 제일이라는 명의名醫에게 달려가서 물었다.

"나는 최근에 기억력이 둔해져서 걱정입니다. 무슨 치료법이 없을까요?"

의사가 대답했다.

"우선 진찰을 해 봅시다. 그전에 먼저 진찰료를 내시오."

그렇다고 스코틀랜드 사람들은 화를 내지 않고 여유 있게 반격을 한다.

"잉글랜드 녀석들이 또 거짓말을 하고 있군. 어떻게 아느냐고? 녀석들의 입술이 움직이고 있는 것이 보이지 않아?"

미국 대통령의 유머

미국에도 다른 나라처럼 대통령을 비롯한 정치지도자를 소재로 한 유머가 많다.

링컨의 유머는 특히 유명해서 널리 알려져 있다. 링컨이 자신의 구두를 닦는 것을 보고 한 방문객이 놀라서 물었다.

"대통령께서 구두를 손수 닦으십니까?"

그러자 링컨은 이렇게 받아넘겼다.

"그럼 내가 남의 구두까지 닦아 주어야 하겠소?"

클린턴을 두고 유포된 유머도 재미있다.

"미국에서 처녀란?" (그 정의를 묻자)

"클린턴보다 빨리 달리는 여자." (잡히면 예외없이 당하니까)

클린턴이 모처럼 부인 힐러리를 옆에 태우고 드라이브를 나갔다가 한 주유소에 들렀다. 그때 힐러리가 말했다.

"내가 이 주유소 주인 아들하고 약혼을 할 뻔했지 뭐야."

"그래? 당신 그 사람과 결혼했더라면 지금쯤 주유소 기름깨나 묻히며 고생하겠군…."

"무슨 소리야, 내가 주유소 집 아들과 결혼했으면 그 사람이 대통령이 되었을 텐데."

조지 부시 대통령이 명예 박사 학위를 받는 대학 졸업식에서 연설을 했다.
"여러분, 졸업을 축하합니다. A학점급의 여러분, 정말 축하합니다."
그리고 이어서 이렇게 말했다.
"C학점급의 여러분, 축하합니다. 여러분도 대통령이 될 수 있으니까요."
부시는 자신의 대학 때 성적이 좋지 않았다는 고백을 함으로써 졸업생들을 격려했던 것이다.

레이건 대통령이 전임자인 카터 대통령으로부터 사무인계를 받았다. 그때 카터가 레이건에게 세 개의 봉투를 건네면서, 위급한 일이 생기면 이 봉투를 순서대로 하나씩 열어 보라고 했다.
세 개의 봉투를 소중히 간직해 오던 레이건은 계속되는 경제 불황에 고민하다가 첫 번째 봉투를 열어 보았다. 거기에는 이렇게 쓰여 있었다.
'전임 대통령의 탓으로 돌리시오.'
그래서 레이건은 "지금의 경제 불황은 전임 대통령 탓이다"라고 둘러댔다.

그러나 불황이 더욱 심각해지자 두 번째 봉투를 열어 보았다. 거기엔 '연방준비은행 총재의 책임이다'라고 적혀 있어서 그대로 떠넘겼다.

그런데도 경제는 더욱 악화되고 국가 재정이 파탄에 직면했다. 마지막으로 세 번째 봉투 안에는 이런 말이 기다리고 있었다.

'당신도 후임자에게 줄 세 개의 봉투를 준비하시오.'

작가와 스타들의 유머

　미국의 소설가 마크 트웨인은 이름난 유머리스트이기도 했다. 마크 트웨인은 필명인데, 그 내력이 유머러스했다. 그것은 미시시피 강을 거슬러 올라가는 배의 안내인(파일럿)이 수심을 알릴 때 외치는 소리였다. 즉 마크는 표시한다는 뜻이고, 트웨인은 (양팔 길이로) 두 발이란 뜻, 풀이하면 수심 약 3미터란 뜻이라고 한다.

　그의 유머 가운데 몇 개를 소개한다.

　프랑스 사람이 "미국인들은 가엾게도 자기의 조상이 누구인지도 모른다"고 말하자, 미국인은 이렇게 응수했다.

　"프랑스인들은 더 불쌍하지. 그들은 자기 아버지가 누구인지도 모르잖아."

　어느 박물관에 크리스토퍼 콜럼버스의 두개골 두 개가 아주 소중하게 진열되어 있었다. 하나는 그의 어릴 적 두개골이고 또 하나는 어른이 된 뒤의 것으로 추정된다고.

임종이 가까워졌다는 예감이 든 환자가 목사에게 물었다.

"목사님, 저는 천국과 지옥 중에 어디로 가게 될까요?"

목사는 망설임 없이 대답했다.

"어느 쪽이든 다 좋지요. 천국은 기후가 좋은 곳이고, 지옥은 친구들이 많이 있으니까요."

세계적 여류 무용가 이사도라 던컨이 역시 세계적 극작가인 영국의 버나드 쇼에게 편지를 보냈다. 두 사람이 합칠 수 없다는 것은 우생학적으로 보더라도 유감스런 일이라고 쓴 다음,

"생각해 보십시오. 나의 육체와 당신의 두뇌를 합친다면 어떤 아이가 되겠는가를….."

버나드 쇼는 회답을 보냈다.

"그건 알겠는데, 운 나쁘게 나의 육체와 당신의 두뇌를 합친 아이가 나올 경우도 상상해 보십시오."

미국의 유명한 여배우 데보라 카가 혼자서 여행을 하던 중 갑자기 눈에 통증이 심해지더니, 이내 시야가 흐려져서 허둥지둥 병원을 찾아 나섰다. 그 작은 도시에는 마침 안과 의원과 정신과 의원이 나란히 자리하고 있었다. 눈앞이 잘 보이지 않는 데보라 카는 정신과 의원을 안과로 잘못 보고 찾아 들어갔다.

그녀의 생각에 그래도 자기가 여배우 아무개라고 이름을 대면 친절하게 대해 주리라는 기대를 갖고 이렇게 말했다.

"저는 데보라 카라는 여배우인데요."

그러자 의사가 신난 듯이 말했다.

"허, 이것 예사로운 일이 아니군. 그런데 언제부터 자신이 데보라 카라고 생각하게 되었나요?"

일본인의 성품

나는 1975년 봄부터 겨울까지 서울구치소에서 감방살이를 하면서 그때 일본의 SF작가 고마쓰 사쿄小松左京가 쓴 《일본 침몰》이라는 책을 재미있게 읽었다. 일본 열도가 거대한 지진과 해일로 침몰하는 과정을 실감나게 써 내려간 그 소설은 일본에서 초베스트셀러가 되었다.

2011년 3월 11일부터 시작된 일본 동북부의 지진과 쓰나미 특보를 보고 문득 그 《일본 침몰》이 떠올랐다. 설상가상으로 원전사고까지 겹쳐 엄청난 인명 피해와 파괴로 일본 전국을 패닉 상태로 몰아넣었는가 하면, 온 세계를 불안하게 만들었다. 그런데 그 말세 같은 재앙과 공포 속에서 일본인들의 국민성에 대한 경탄과 칭송이 온 세계의 전파를 타기 시작했다.

집과 재산은 물론 가족마저 잃은 이재민들이 보여 준 감정 억제와 질서의식이 세계인들의 주목을 끌었던 것이다. 심지어 수용소에 기거하면서 원망도 항의도 흥분도 하지 않고 차분하게 인내심을 발휘하고 있는 모습은 예사롭지가 않았다.

일본인들의 희로애락을 억제하는 언동은 점잖으로 통할 수도 있지만, 본심을 드러내지 않는 이중성으로 오해를 받을 여지도 있다. 오죽하면 왕년에 미·소 정상회담 때 클린턴 미국 대통령은 옐친 러시아 대통령에게 "일본인은 예스, 노가 분명치 않으니까 조심해야 된다"고 조언을 했을 정도다.

매사에 조심, 예의, 폐 안 끼치기, 친절 등에 유의하느라 감정표현의 억제가 체질화되다 보니, 그들은 언어의 별미라 할 유머 내지 유머 감각과 촌수가 멀다. 그래서 그들의 입에서도 일본인은 유머 센스가 없다든가 조크를 모른다는 말이 나온다.

금요일에 일본인에게 유머를 들려주면 다음 주 월요일에야 웃는다는 우스개도 있다. 일본인의 유머를 들으려면 미리 소화제를 먹어야 한다는 혹평도 나왔다.

일본인의 조크에 관한 책을 몇 권 뒤져 보았지만, 일본인을 대상으로 한 우스개는 더러 있어도 일본인이 구사한 우스개는 아주 흉년이었다. 그중에서 일본인의 성품 내지 기질을 짐작케 하는 이야기를 어렵사리 찾았다.

평소보다 일찍 퇴근해 보니 아내가 침대에서 외간 남자와 수작을 벌이고 있었다. 이때 남편이 어느 나라 사람인가에 따라 반응의 차이가 드러난다. 미국인이라면 그 사나이를 쏘아 죽인다. 독일인이면 사나이에게 법적 조치를 취하겠다고 통고한다. 프랑스인이면 자신도 옷을 벗기 시작한다. 그리고 일본인이라면 어떻게 할까? 정식으로 소개를 받을 때까지 명함을 들고 기다린다. 일본인의 몸에 밴 예의(?)를 엿볼 수 있는 장면이다.

'민족성 비교용' 유머 또 한 가지.

여객선이 침몰하는 바람에 남자 두 명과 여자 한 명이 무인도에 표착했다. 여기서도 인종별로 다른 양상이 벌어진다.

프랑스인이면 여자가 남자 한 명과 결혼하고 나머지 남자 한 명과는 바람을 피운다. 이태리인이면 한 여자를 놓고 두 남자가 계속 다툼을 벌인다. 브라질인이면 셋이 함께 카니발을 벌이고 실컷 춤을 즐긴다. 자, 일본인은 어떻게 했을까? 정답은 '남자 두 사람은 이 여자를 어떻게 처리해야 할지 본사에 휴대전화로 품신을 한다.' 일본 비즈니스맨의 스테레오 타입이랄까, 이미지 모델을 보여 주는 삽화다.

일본인은 자기 주장을 강하게 내세우지 않는가 하면, 상대방의 기분을 상하게 하지 않으려고 노력한다. 그러다 보니 무슨 소리인지 분명치 않은 말을 하기도 한다. 완곡한 표현이라고 할수도 있고, 단언을 피하는 애매한 말이라고 할 수도 있다.

미국의 한 신문에 이런 기사가 실렸다.

"일본인은 표현이 애매하여 무슨 소리를 하는 것인지 분명치 않다. 일본인은 당당하게 자기 주장을 하지 못하는 민족이다."

며칠 뒤 일본인으로 보이는 독자의 다음과 같은 투서가 그 신문에 실렸다.

"일전에 귀 지에 실린 기사에 대해서 말씀드리건대, 보다 폭넓은 논의를 검토한 다음에 전향적으로 선처해 주면 다행이겠습니다만, 어떻게 생각하시는지요?"

이 투고 또한 '표현이 애매하여 무엇을 말하는지 분명치가 않다'는 또 다른 증명이 될 만했다.

나도 40년 넘게 일본 사람들과 교분을 쌓아오는 동안 일본인 특유의 이런저런 성품을 알게 되었고, 그들의 언동 표현의 불명확성도 어느 정도 알게 되었다. 그래서 아주 친한 Y교수에게 속에 있는 말을 털어놓은 적이 있다.

"일본인들의 예의 바름은 높이 평가하지만, 그렇다고 희로애락을 제대로 표시하지 않으니 이쪽이 오히려 답답하고 당혹스러울 때가 있습니다. 차라리 한국인처럼 자기 생각을 있는 그대로 표현하는 편이 좋다고 보는데, 어떻게 생각하십니까?"

내 말에 그분은 "좋은 말씀입니다"라며 그저 웃기만 했다. 역시 일본 사람다운 반응이었다. 일본인은 친절하고 예의가 발라 상대방으로선 기분 좋고 마음이 편하다고 하지만, 나는 바로 그런 품성 때문에 조심스럽거나 심지어 당혹스러울 때도 있다.

그래도 우리 한국인은 일본인들에게서 배울 점이 적지 않다. 《국화와 칼》을 쓴 미국의 문화인류학자 루스 베네딕트가 말한 일본인의 '부끄러움의 문화shame culture'도 음미해 볼 만하지 않은가 싶다.

링컨과 케네디의 데자뷰

링컨은 1860년에, 케네디는 1960년에 대통령이 되었다. 정확히 백 년 차이가 난다. 처음 의원이 된 해도 1846년과 1946년이어서 역시 백 년 차가 있다.

링컨이 암살된 후 대통령이 된 존슨이 태어난 것은 1808년, 케네디가 암살되고 나서 후임자가 된 같은 이름의 존슨이 출생한 해 역시 백 년 후인 1908년이다.

뿐인가. 링컨을 쏘았다는 존 부스는 1839년생, 케네디를 명중시킨 오스월드는 1939년생으로 역시 백 년 차다.

또한 링컨의 암살범은 극장에서 총을 쏘고 창고에서 붙잡혔으며, 케네디의 암살범은 창고에서 총을 쏘고 극장에서 붙잡혔다고 한다. 두 사람 다 공판이 열리기 전에 암살된 것은 널리 알려진 사실이다.

두 대통령 모두 백악관에 살고 있을 적에 아이를 잃었는데, 그것도 금요일에 대통령 부인의 면전에서 머리에 총격을 받고 죽었다.

링컨은 암살당하기 일주일 전 메릴랜드의 먼로라는 데 있었고, 케네디는 저격당하기 일주일 전 마릴린 먼로의 집에 있었다.

덤으로 한 가지만 덧붙인다면 링컨의 비서 이름은 케네디였고, 케네디의 비서 이름은 링컨이었다.

매우 유머러스하지만 웃을 수 없는 비명非命의 실화다.

가짜로 악명 높은 중국

바야흐로 미국과 더불어 'G2'를 이루고 있는 중국 유머를 소개한다. 중국 하면 가짜, 짝퉁, 위조품 따위의 말이 연상된다. 그래서 미안하지만 여기선 불량품 이야기 한 토막을 소개한다.

한 농부가 신품종 야채 씨를 사 왔다. 종전보다 세 배나 수확을 올릴 수 있다는 말을 믿고 빚까지 내어 사 온 것이다. 이 농부는 자기 소유의 밭 전부에다 이 새 품종 씨를 뿌렸다. 그리고 열심히 비료를 주고 정성을 들여 가꾸었다. 그런데도 일 년이 지나도록 싹조차 나오지 않았다. 야채 씨가 가짜였던 것이다.

빚까지 짊어진 농부는 절망한 나머지 자살을 하려고 유서까지 썼다. 그리고 사 온 농약을 단숨에 들이마셨다. 이젠 끝이라고 생각하면서 눈을 감았다. 얼마쯤 지났을까, 눈에 무언가가 어른거렸다. 벌써 천국에 왔나 싶어 눈을 크게 떠 보니 가족들의 모습이 시야에 들어왔다. 순간 벌떡 일어나니 몸이 멀쩡했다. 이게 웬일인가? 원인은 간단했다. 가게에서 사 온 그 농약 역시 가짜였던 것이다.

살아난(?) 기쁨에 이 농부는 친지들을 불러 잔치를 벌였다. 모처럼의 고급술이어서 흥겹게 과음 파티가 벌어졌는데, 모두들 복통을 호소하며 쓰러졌다. 그리고 여러 사람이 숨을 거두었다. 그 술은 불순물이 섞인 가짜였기 때문이다.

가짜로 악명이 온 세계에 퍼진 중국, 그런 G2에 온 세계가 매달려 살아가야 하다니, 아무래도 씁쓸하다.

예수는 웃지 않았다?

《신약성서》에는 '예수가 웃었다'는 말은 한 번도 안 보인다. 그가 눈물을 흘렸다는 이야기는 적혀 있다.(요한복음 11:35) 고대 기독교 이래로 예수는 웃지 않았다는 설이 압도적인데, 그것은 종교의 엄숙주의, 경건주의, 신성불가침 등에 비추어 볼 때 당연하다는 것이다. 더구나 성경(그중에서도 복음서)이 십자가의 비극을 정점으로 한 예수의 수난을 다룬 역사인 이상, 거기에 웃음이나 유머가 끼어들기는 어려웠을 것으로 본다.

여기에 반론이 없지는 않다. 《신약성서》에 예수가 웃었다고 쓰인 곳은 없지만, 그렇다면 예수의 머리(두발)에 대해서 아무런 언급도 없다고 해서 그에게 머리가 없었다고 말할 수 있는가.

따라서 예수는 결코 웃은 일이 없다고 분명히 기술되어 있지 않은 이상 그가 웃지 않았다고 단정하는 것은 잘못이라는 것이다.

예수의 십자가의 죽음은 가난한 사람, 병든 사람, 고난받는 사람에 대한 그의 깊은 사랑 때문이었으며, 그에 이어지는 부활은 커다란 놀라움과 기쁨을 주는 사건이었다. 그러므로 고난과 웃음은 배척관계에 있는 것이 아니라 공존 또는 전후 인과관계를 형성하고 있었던 것으로 보인다.

실제로 성경 가운데 '웃었다'는 표현은 없더라도 필시 웃었거나 웃음을 자아내게 했음 직한 장면은 적지 아니 눈에 띈다. 예컨대 사람들이 예수 앞에 어린이를 데려왔을 때, 그들을 가로막으려 하는 제자들을 나무라면서 "어린이들이 오는 것을 막지 말라. 분명히 말해 둔다. 어린이들처럼 하늘나라를 받아들이는 사람이 아니면 거기에 들어갈 수가 없다"고 말씀하시고, "그 어린아이들을 안고 저희 위에 안수하시고 축복하시는 장면'(마가복음 10:13~16)에서 예수의 얼굴에 미소가 배어났음이 틀림없다.

예수가 예리고 마을을 지나고 있을 때 삭개오라는 세리稅吏가 키가 작아서 사람들에게 가려 예수를 볼 수 없게 되자 앞질러 가서 뽕나무 위로 올라가는 대목이라든지, 예수가 그날 밤 사람들의 수군거림을 무릅쓰고 그 '죄인의 집'에 머무는 이야기는 유머러스하다.(누가복음 19:1~6)

예수가 처음 행한 기적은 요한복음에 의하면 가나의 혼인잔치에서 포도주가 바닥났을 때 물로 포도주를 만들어 사람들을 즐겁게 한 일이었다. 이때 예수도 '보았지? 놀랐지?' 하는 표정으로 미소를 지었을 것이고, 그 자리에서 신기한 이변을 목격한 사람들도 놀라움과 기쁨을 함께 표시했음에 틀림없다.

복음서를 쓴 사람들은 예수의 말씀을 너무도 진지하고 엄숙하게만 받아들인 나머지 그 말씀 안팎에 담겨 있는 유머를 간파하지 못했을 것이라고 보는 사람도 있다.

예수는 위기나 곤경에 처했을 때 참으로 순발력 있게 재치 있는 말솜씨로 돌파력을 과시했다. 유명한 '세금문답'에서 "카이사르의 것은 카이사르에게, 하느님의 것은 하느님에게"란 명답으로 비켜 나간 것이라든지, 간음한 여자가 몰매를 맞게 될 순간 "너희 가운데 죄 없는 사람이 먼저 이 여자에게 돌을 던져라"고 말함으로써 위기를 면하게 해 준다. 절박함을 타개하는 그 기지機智가 사람들로 하여금 웃음을 머금게 한다.

예수의 화법

  예수의 화법에는 비유, 과장, 전환, 역설이 넘친다. 어려운 관념의 설교가 아니라 누구나 쉽게 알아들을 수 있는 사실적 화법을 썼다. 예수가 자주 쓴 비유나 가르침에 나타난 극단적인 대비나 과장은 유머로 상통한다.

  바리새인들이 예수에게 "당신의 제자들은 어찌하여 장로들이 전해 준 관습을 어기고 빵을 먹을 때 손을 씻지 않는가?"라고 힐난하자, 예수는 역공을 한다.

  "입으로 들어가는 것이 사람을 더럽히는 것이 아니라 입에서 나오는 것이 사람을 더럽히는 법이다."

  이것은 유머라기보다는 위트나 조크에 가까운 일침一針이다.

  유명한 산상설교에 나오는 과장법도 눈여겨볼 만하다.

  "어찌하여 너는 남의 눈 속에 있는 티는 보면서, 네 눈 속에 있는 들보는 깨닫지 못하느냐."(마태복음 7:3)

  '눈 속의 들보'라는 놀랄 만한 과장법이 우리의 마음과 기억을 붙들어 매는 것이다. 이와 같이 유머성 비유는 누구도 흉내

내기 어려운 장기이자 효과적인 화법이어서, 듣는 사람으로 하여금 아이러니를 느끼게 한다.

〈낙타와 바늘구멍〉 이야기 또한 과장된 비유로 유명하다.

"부자가 하느님 나라에 들어가는 것보다 낙타가 바늘구멍으로 지나가는 것이 더 쉽다."(마가복음 10:25)

이 얼마나 심한 과장인가. 그래서 훗날의 사본 중에는 '낙타와 바늘구멍'을 다른 표현으로 바꾸거나 풀이한 사람도 있다는데, 그건 예수의 성서적 유머를 이해하지 못했기 때문이 아닐까.

예수는 "눈은 눈으로, 이는 이로 갚으라"는 동가응보同價應報의 법칙과는 달리 "악한 사람에게 맞서지 말아라. 누가 네 오른쪽 뺨을 치거든 왼쪽 뺨마저 돌려 대어라"라고 가르친다.(마태복음 5:39) 보복하지 말라는 교훈이기는 하지만, 만일 무대에서 뺨을 맞은 사람이 다른 쪽 뺨까지 들이대면서 여기도 때리라고 대든다면 객석에서는 폭소가 터질 것이다. 그런 면에서 이 말씀은 유머를 담고 있다 하겠다.

복음서에 나오는 인물 중에서 굳이 웃은 사람을 찾는다면 그것은 예수를 적대시하는 자들이었다. 붙들려 온 예수를 앞에 놓고 바라보는 갈릴리의 영주 헤롯이나 십자가에 달린 예수를 쳐다보는 유대인 지도자들은 분명히 웃었다. 그러나 그것은 모욕과 악의에 찬 비웃음이었을 것이다. 그러니까 본래적인 웃음과는 다르다.

또한 오늘날의 성서에는 포함되지 않은 외경外經 가운데는 나이 어린 예수가 웃는 대목이 두 번 나온다고 한다. 어쨌든 예수가 웃었다는 명문은 성경에 나오지 않지만 분명 미소를 지었거나 웃음을 보였으리라는 정황은 여러 군데서 발견된다. 그리고 유머가 빠진 대중 설교는 생각하기가 어렵다.

종교개혁시대의 유머리스트 토마스 모어는 "주여! 저에게 유머 센스를 주시옵소서. 제가 인생에서 행복을 알고 그것을 사람들에게 전하기 위해서 조크를 이해하는 은총을 내려 주시옵소서"라고 기도했다고 한다.

그는 헨리 8세의 종교정책에 반대하다가 처형되기 직전 단두대에 누운 다음 수염을 쓰다듬으면서, "이 수염은 대역죄를 범한 일이 없으니까 다치지 않도록…" 하고 최후의 순간에도 유머를 날렸다고 한다.

어느 분의 추도예배 순서지에 성경 말씀과 찬송가 가사가 인쇄되어 있었다. 찬송가는 406장, '지금까지 지내온 것, 주의 크신 은혜라…'로 시작되는데, '주의 크신 은혜'가 컴퓨터 키보드의 과민 탓인지 '중의 크신 은혜'로 되어 있는 것이 아닌가? 결국 'ㅇ' 받침 하나로 찬송가가 찬불가로 일변하였다. 추도식이라서 웃지도 못하고 참다가 끝난 뒤에 모두 '일치단결'하여 웃었다. 불경스럽게도.

변호사 기절하다

나는 두 번째 평양 방문 길(2002년 3월)에 4권 1질로 된 《세계 유모아》란 책을 샀다. 양각도 국제호텔 책방에서 이 선집(?)을 발견했을 때, 서울에서도 보지 못한 4권짜리 세계 유머 시리즈에 신기하다는 생각이 들었다. 북한 사회의 경직성을 생각해서 그랬을 것이다. 그 책 머리말은 한 페이지도 안 되는 짤막한 분량이었지만, 거기에 매우 주목할 만한 유머관이 실려 있었다.

위대한 령도자 김정일 동지께서 다음과 같이 지적하셨습니다. "사람들의 풍만한 정서는 락천적이고 다정다감한 생활에 바탕을 두고 있습니다. …생활을 락천적으로 다정다감하게 하지 못하는 사람은 인간의 참된 삶의 기쁨과 행복을 맛볼 수 없으며, 그런 사람에게는 인정미도, 혁명동지에 대한 뜨거운 사랑도 있을 수 없습니다."

이 책에는 "우리나라 아닌 외국의 유머만 수집 정리했다"는 설명이 붙어 있는데, 어느 이야기가 어느 나라의 것인지를 밝혀

놓지 않아서 좀 아쉬웠다. 네 권 모두 〈가정 및 사생활〉 〈사회생활〉, 〈부패한 생활〉, 이 세 분야로 분류해 놓은 공통점이 특이한데, 그중 〈사회생활〉 편에 속하면서 나와 연관이 있는 항목에서 몇몇 이야기를 소개하고자 한다.

※ 표로 시작되는 글은 북한판 문장을 그대로 옮겨 놓은 것으로, 북한에서의 표기, 띄어쓰기, 부호 등을 이해하는 데 도움이 될 것이다.

※ 한 변호사가 자기가 담당한 로인이 500만 딸라 어치의 유산을 상속받게 되었다는 판결 내용을 통보받았다. 변호사는 심장병이 심한 그 로인에게 이 소식을 점차적으로 알려 주어야 하겠다고 생각하였다. 《잘못하면 그 로인이 너무 흥분하여 숨질 수 있소.》 변호사는 자기 서기에게 이렇게 말하였다.

변호사는 다음 날 오후에 로인과 만나기로 약속하였다. 로인은 약속한 시간에 삼륜차에 앉아 변호사의 집으로 찾아왔다. 변호사는 기분을 늦갖히며 입을 열었다. 《내가 이제 한 가지 사실을 당신에게 알려드리겠는데 절대로 흥분하지 마십시오. 만일 당신이 500만 딸라를 상속받게 된다면 어떻게 하겠습니까?》 《나 말이오?》 로인이 통쾌하게 웃으면서 《그러면 그 절반을 당신에게 주겠소!》 하고 말하였다. 순간 변호사의 머릿속에 250만 딸라라는 돈과 호화로운 생활이 환영으로 떠올랐다. 머리가 아찔

해진 변호사는 흥분에서 오는 충격을 견딜 만큼 심장이 강하지 못하였다. 결국은 로인을 걱정하던 변호사가 쏘파에 앉은 채 숨지고 말았다.

유머 내지 해학의 요체를 살려서 압축과 생략 기법을 가미한다면 위의 이야기는 이렇게 줄여 볼 수 있다.

500만 달러의 상속을 받게 된 노인이 벅차는 기쁨에 심장마비라도 일으킬까 봐서 변호사는 그에게 가정법으로 말했다. "노인, 만일 500만 달러의 상속을 받게 된다면 어떻게 하시겠습니까?" 그러자 노인은 "그렇게 된다면 그 절반을 변호사님께 드리지요." 뜻밖의 횡재에 놀란 변호사는 그 자리에서 심장마비로 숨졌다.

다음은 의외성과 역전의 묘미가 독자를 유쾌하게 하는 이야기다. 법정에서 일어난 진문진답 또는 현문우답도 국경을 초월하는 공감과 재미를 준다.

※재판관이 피고에게 물었다.

재판관 :《당신은 도적질할 때 그래 자기의 안해와 딸애들의 생각을 전혀 하지 않았단 말이오?》

피 고 : 《솔직히 말해서 생각했지요. 그렇지만 그 상점에는 남자 옷밖에 없더군요.》

검사가 혐의자에게 물었다.

검 사 : 《당신은 이 칼을 알아보겠소?》
혐의자 : 《예.》
검 사 : 《그러니 당신은 이 칼을 잘 알겠다는 거요?》
혐의자 : 《벌써 3주일째 당신들이 그 칼을 나에게 보여 주는 데 내가 왜 모르겠나요?》

※한따기 군이 호주머니에 손을 찌르고 재판정의 피고석에 나섰다.

재판관 : 《법정에 나서는 자세부터 고쳐! 호주머니에 찌른 손을 빼라.》
따기군 : 《나리님들의 비위를 맞추기가 참 힘이 든데요. 내가 제 호주머니에 손을 넣고 있으면 빼라지, 내가 손을 다른 사람의 호주머니에 넣으면 당신들은 나를 감옥에 잡아넣지. 재판관 나리, 그래 나는 자기 손을 허공중에 들고 있어야 하나요?》

변호사 : 《내가 장담하는데 당신의 이 송사는 꼭 이길 수 있습니다.》

의뢰자 : 《감사합니다. 난 이 송사를 포기하겠습니다.》

변호사 : 《아니, 얼마든지 이길 수 있는 송사인데 왜 포기한단 말입니까?》

의뢰자 : 《방금 내가 당신에게 설명해 준 송사 내용은 상대방의 것입니다.》

〈원님의 정확한 판결〉이란 소제목이 붙은 이야기는 상당히 장황하기 때문에 이를 압축해서 소개하면 다음과 같다.

원님에게 두 남자가 찾아와서 금덩이를 놓고 서로 자기 것이라며 시비를 가려 달라고 한다. 그러나 원님은 이 금이 딱 누구의 것이라고 판단할 만한 충분한 증거가 없으니 절반씩 나누어 갖도록 하라고 판결을 하면서 "내가 판결해 준 값으로 너희들집에 가서 식사 대접을 받고 싶다"고 했다. 그중 한 사람의 집에서는 보리밥에 된장만 내놓았다. 반면 또 한 사람의 집에서는 닭을 잡고 술을 받아다가 성찬으로 대접했다. 이튿날 원님은 두 사람을 다시 불러놓고 그중 성찬으로 원님 대접을 한 사람에게 호통을 치면서 차지한 절반의 금을 돌려주라고 엄명했다. 진짜 금덩이 주인은 분통이 터져서 원님을 홀대했는데, 원님이 이것을 제대로 알아차린 터였다.

비좁은 나룻배에서 한 농부가 임신 7개월 된 귀부인의 발을 밟았다가 성난 귀부인으로부터 호되게 얻어맞았다. 너무 힘들여 때리던 그 부인은 바닥에 넘어져서 유산을 하고 말았다. 그 여자의 남편은 농부를 관청으로 끌고 가서 판결을 내려 달라고 했다. 현감의 판결은 이러했다.

"너는 그 부인을 집으로 데려다가 먹이고 입히고 재운 뒤 그녀가 또다시 임신 7개월이 된 다음 저 남편한테 데려다 주도록 하라!"

그 말을 들은 부자는 아내를 데리고 황급히 사라졌다.

월남 이상재 선생의 해학

구한말의 애국지사 월남月南 이상재李商在 선생은 청빈한 생활을 하신 것으로도 유명하다. 선생의 그런 곤궁한 형편을 잘 아는 아무개 씨가 선생 댁을 찾아갔는데, 마침 방문객과 말씀을 나누는 중이었다.

아무개 씨는 선생께 금일봉을 드리면서 "방이 차군요. 이것으로 땔감이라도 좀 사십시오"라고 하자, 선생은 고맙다고 하면서 그 돈을 받아 놓았다.

잠시 후에 한 학생이 찾아왔다. 형편이 어려워 학교 수업료를 내지 못했다면서 도움을 호소했다. 그 학생의 말을 듣고 선생은 조금 전에 아무개 씨가 주고 간 돈 봉투를 학생에게 주면서 "공부 열심히 하라"고 격려까지 해서 보냈다.

그 자초지종을 옆에서 보고 있던 방문객이 선생에게 물었다.

"땔감을 사라고 주고 간 돈을 학생에게 고스란히 주시고 나면 땔감은 무슨 돈으로 사시겠습니까?"

그러자 선생은 "사정을 잘 아는 사람이 알아서 주겠지요"라고 말씀하시며 웃었다. '사정을 잘 아는 사람'이란 누구일까? 곁에서 지켜본 그 방문객 말고 누가 있겠는가. 그 방문객은 그 말씀의 뜻을 알아차리고 즉석에서 선생께 돈을 드렸다고 한다.

김규식 박사가 전해 주었다는 삽화다.

선생께서 조선미술협회 창립 행사에 갔다가 일본 통감 이토 히로부미를 비롯하여 이완용, 송병준 등 매국노들을 만났다. 선생은 기분이 상해서 "대감들도 일본 동경으로 이사 가서 사시면 좋을 것이오"라고 빈정댔다.

그 말을 들은 두 사람은 선생에게 물었다.

"영감, 별안간 그게 무슨 말씀이시오?"

그러자 선생은 태연히 말씀했다.

"대감들이 나라 망하게 하는 데는 천재니까, 일본으로 가시기만 하면 일본이 망할 것 아닙니까."

그 두 사람은 말할 것도 없고 함께 있던 사람들도 새파랗게 얼굴이 질려 있었다.

수주樹州 변영로卞榮魯 선생은 영문학자로 유명할 뿐더러 애주가여서 그의 《수주명정기樹州酩酊記》는 널리 읽혔다. 그분이 종로의 영어학원에 가느라고 큰길을 걸어가고 있었는데, 등 뒤에서 누군가 부르는 소리가 들렸다.

"변정상 씨, 변정상 씨!"

변 선생은 자기 아버지 이름을 부르는 사람이 누구일까 하고 뒤를 돌아봤다. 목소리의 주인공이 다른 분도 아니고 월남 선생임을 확인하고서 몹시 섭섭한 생각이 들어 한마디 했다.

"어찌하여 제 이름을 부르지 않고 아버지 이름을 부르십니까? 부자를 혼동하신 건가요?"

그러자 월남 선생은 큰 소리로 웃으면서 이렇게 말씀했다.

"이놈, 네가 변정상의 씨種가 아니고 무엇이냐? 그래서 내가 '변정상 씨'라고 불렀는데, 아니면 아니라고 말해라."

소년 변영로는 할 말이 없어서 웃음으로 인사를 대신했다.

별떡 달떡 이야기

월남 선생이 종로중앙청년회관에서 열린 시국강연회에 연사로 나가셨을 때 이야기다. 그날도 선생의 강연을 들으러 온 청중들로 강연장은 만원이었다.

그곳에는 종로경찰서 고등계 주임인 미와三輪 경부가 제복에 칼을 찬 채 연단 한쪽 구석에 앉아 날카로운 감시의 눈을 번뜩이고 있었다.

선생은 연단에 올라가 강연을 시작하기 전에 먼저 '별떡 달떡 이야기'를 하셨다.

"내가 오늘 여기로 오는 도중에 호떡 한 개를 가지고 두 아이가 서로 싸우는 것을 보았습니다. 한 아이는 중학생이고 다른 한 아이는 소학생으로 보였습니다. 그런데 중학생 아이가 소학생 아이의 호떡을 빼앗아 가지고 별떡을 만들어 준다면서 야금야금 먹기 시작했습니다. 보다 못해 소학생 아이가 울면서 호떡을 돌려 달라고 하니까, 이제는 달떡을 만들어 준다면서 남은 호떡을 계속 베어 먹다 보니 아무것도 남는 것이 없게 되었습니다. 소학생 아이는 어이가 없어서 울기만 했습니다."

청중들은 무슨 뜻인지 알아차리고 뜨거운 박수를 보냈다.

그때 미와 경부는 안색이 굳어지면서 "연설 중지!"를 외쳤고 강연회는 중단되었다. 조선을 삼켜 버린 일본의 술수를 비꼬는 말씀이어서 크게 화제로 번졌다.

월남 선생은 1927년 3월 29일 78세로 세상을 하직하셨다.

조선 왕조 5백 년 사직의 운세가 서산에 기울고 러시아와 일본이 조선 침략의 각축을 벌이던 시기였다. 일본이 소위 '보호 조약'이란 것을 내세워 병탄을 본격화하는 과정에서 조선의 명사와 유지라는 사람들을 모아 일본에 시찰단으로 보냈다. 월남 선생도 거기에 참가하여 일본 여러 곳을 돌아보게 되었다.

동경에 있는 병기창兵器廠을 구경하던 날 저녁에 환영회가 열렸다. 그 자리에서 시찰단원 일행은 각자 소감을 한마디씩 말하게 되었다. 그때 월남 선생은 이렇게 말씀했다.

"내가 오늘 병기창을 구경하고 대포며 총이 산처럼 쌓여 있는 것을 보니 일본이 과연 강국인 것을 알았소. 그런데 한 가지 염려는, 성경에 '총검으로 일어나는 자는 총검으로 망한다' 하였으니, 다만 그것이 걱정이오."

이 이야기는 1949년 3월 29일 월남 서거 30주년 추도회에서 이승만 박사가 추도사를 통해 전해 준 사연이다. 그때 이 박사는 이렇게 회고했다.

"이번에 내가 환국할 때 일본 동경을 거쳐 오게 되었는데, 비행기에서 아래를 내려다보니 그 번화하던 곳이 폭격으로 폐허로 변해 있었소. 그 옛날 월남 선생이 말씀하신 것이 생각나서 참으로 감개무량하였다오."

한승헌 변호사의 유머

펴낸날   초판 1쇄 2022년 7월 15일

지은이   한승헌
펴낸이   서용순
펴낸곳   이지출판

출판등록   1997년 9월 10일
등록번호   제300-2005-156호
주소   03131 서울시 종로구 율곡로6길 36 월드오피스텔 903호
대표전화   02-743-7661 **팩스** 02-743-7621
이메일   easy7661@naver.com
디자인   김민정
인쇄   ICAN

값 16,000원

ISBN 979-11-5555-184-4 03810

※ 잘못 만들어진 책은 교환해 드립니다.

한승헌 변호사의
유머